ミセス・ハリス、パリへ行く

ポール・ギャリコ
亀山龍樹＝訳

角川文庫
23382

目次

わたしが残してゆけるのは、ただほんの二、三の歌です
　空気の中をふるわしていく歌だけです
友だちや愛する人たちのための
　ほんの二、三の歌だけです

ウォルト・ホイットマン

第一章

リンゴのような赤いほっぺたに、白いもののまじった髪、いたずらっぽい、いきいきとした小さな目の、ほっそりとした小がらな婦人が、英欧《えいおう》航空のロンドン―パリ線の朝だちのバイカウント機に乗りこみ、客室の窓におでこをぴったりとおしつけて腰をおろしていた。

ほどなく、この金属製の鳥が、轟然《ごうぜん》たる爆音をとどろかせて滑走路をうきあがり、車輪を空転させて胴体内に引き入れはじめると、婦人の意気も、ともに空高く舞いあがった。

この婦人、おちつかないではいるものの、おじけづいていたわけではなかった。もう、ここまできたら、じゃまするものはなにもありはしない。いよいよ冒険の旅にふみだしたのだ。旅路の行く手には、長年思いあこがれていたものが待ちうけている。いまぞ、その祝福された門出である。婦人の心はときめいていた。

婦人は、いささかくたびれた黄かっ色のあや織りのトップコートにちんまりとくるまり、清潔なうす茶のもめんの手ぶくろをはめて、すりきれた模造革の茶色のハンドバッグをしっかりとだきしめていた。バッグの中には、一ポンド紙幣が十枚――イギリスから国外へ持ち出すことをゆるされている最大限度の金額――と、ロンドン・パリ間の往復切符が一枚、さらに、五ドル、十ドル、二十ドルのアメリカ紙幣の分厚いたばをゴムバンドでとめたものが、総額千四百ドルもはいっていた。

まあ、いまのところ、婦人のかぶっている帽子だけが、わずかに日ごろのはつらつとした気性をあらわしていた。緑色の麦わら帽子で、その前のところにくっついている、突拍子もなく大きなバラの花が、機体がかたむいて旋回上昇するさいの、パイロットの手の操作に調子を合わせるかのように、しなやかな茎の先で、あっちへゆらゆら、こっちへゆらゆらとゆれていた。

時間ぎめで、そうじとかたづけものをしにやって来る「通いの家政婦」の、一風変わったサービスにあずかったことのある、目先のきくロンドンの奥さんなら、だれでも――いや、イギリス人なら口をそろえて――すぐにも、

「あの帽子をかぶっている人は、ロンドンの通いの家政婦さんにきまっていますよ」

というだろう。まさにそのとおりだった。

乗客名簿によると、この婦人の名はミセス エイダ・ハリス――おばさん自身はロンドンの下町なまりで、いつも、ミセス アリスと発音する――住所はロンドンは郵便区SW11のバタシー区ウィリスガーデンズ五番地。たしかに通いの家政婦さんで、未亡人

だった。

ハリスおばさんは、ロンドンの上流地区のイートンスクエアやベルグレービアに住んでいるお得意をまわって、時間ぎめでせっせと働いてきた。

大地から舞いあがったことに気がついた、この目くるめく一瞬にいたるまでのハリスおばさんの過去は、えんえんとうちつづく骨折り仕事の毎日で、息ぬきといえば、たまに映画を見たり、街角の酒場《パブ》でいっぱいやるとか、夜、流行歌《はやりうた》をたのしみに行くくらいがせいぜいだった。

もう六十にそろそろ手のとどきそうなハリスおばさんが、日ごろ活躍している仕事場は、ごったがえしと、汚れ水と、ちらかしほうだいの世界だった。一日のうちに、一度ならず六、七へんも、あずかっている鍵《かぎ》で住宅やアパートのドアをあけて、流しにごっそりつみあげてある、汚れた、べとべとする皿やなべ類、ごみため、起きっぱなしのしわくちゃのベッド、ぬぎすての衣類などに、敢然と立ちむかうのである。

浴室の床にはびしょぬれのタオルがほうりだしてあるし、うがいのあとの水はそのままコップにのこっている。洗濯物は山ほどあるし、灰皿は、たばこのすいがらでいっぱい、テーブルや鏡の上はほこりでざらざら。人間というおブタさんが、朝、わが家をお出ましになったあとの、よくもこう、いきとどいてちらかしたといいたいような乱雑さが、うちそろって、ハリスおばさんを待ちもうけていた。

ハリスおばさんは、このような、ひっくりかえった家の中をかたづける。でも、この仕事は、おばさんを心身ともに張りきらせ、また生活のかてにもなっていた。これはハリスおばさんの天職だった。ただ、汚れた場所を清潔にするだけではなかった。ほかの通いの家政婦さんもそうだが、ハリスおばさんはとくに、自分のかたづけた家を、いつもほこらしく思うのだった。それに、これは創造的な仕事だし、胸をはって満足を味わうことができた。

ハリスおばさんは、豚小屋めいた部屋にはいっていって、きれいに整頓《せいとん》し、ぴかぴかの清潔な部屋に変えて去っていく。ゆかしいにおいさえ、漂うかのようである。あくる日やって来て、またもや、部屋が豚小屋のようになっていようと、ハリスおばさんは、これっぽっちもいやな顔はしなかった。一時間三シリングの報酬をもらって、部屋をきれいにする。

この通いの家政婦の仕事を生きがいとも天職ともしている、小がらなハリスおばさんは、いま、パリ行きの大きな旅客機の、あれこれ雑多な三十人の乗客にまじっていた。

緑と茶にぬりわけられた、だんだらもようの模型風イギリス地図が、飛行機の翼の下から消えて、下界はふいに、風に波だつ青いイギリス海峡に、とって変わった。これまではハリスおばさんは、小さな家や田畑の風景をめずらしげにながめおろしていたのだが、つぎは、波を切って航行している小型船や貨物船の細い船影を追うことになった。

イギリスをあとに、外国にはいろうとしているのだという実感を、はじめてしみじみと味わった。いよいよ、ちんぷんかんぷんのことばをしゃべる外国人の中にはいるのだ。

外国人というのは、ハリスおばさんが聞いているうわさによると、行儀がわるくて欲ばりで、カタツムリやカエルを食べて、とくに情熱のほうの犯罪や、トランク詰めのばらばら死体事件が、お気に入りらしかった。

しかし、ハリスおばさんは恐れてはいない。恐れという文字は、イギリスの通いの家政婦の辞書にはない。けれども、用心することにしたことはないし、ばかげたさわぎにはひきこまれないようにしようと決意をかためていた。なにしろ、ハリスおばさんは、重大な用向きでパリへ行くのである。この用事をはたすまでは、なるべくフランス人とつきあわないですみますようにと祈っていた。

旅客機は飛びつづけた。やがて、さっぱりしたイギリス人の客室乗務員が、これまたさっぱりしたイギリス式の朝食をくばってまわった。この代金はいらないそうだった。ハリスおばさんが念をおしてたずねると、ささやかながら、この航路での航空会社のサービスということだった。

ハリスおばさんがあいかわらず顔を窓にくっつけて、例のハンドバッグを後生だいじにかかえていると、客室乗務員が、

「みなさま、はるか右手にエッフェル塔が見えてまいりました」

とつたえながらやって来た。

あれまあと、ハリスおばさんは心の中でつぶやいて、エッフェル塔をさがした。古ぼけた、つぎはぎ細工のかけぶとんのような、見わたすかぎり灰色の屋根と煙突の大海原

の中から、ピンの先ほどつき出ているものを発見した。そして、そこには川が一すじ、青く、ヘビのようにうねっていた。

(写真で見たほど、でかくはないようだね)

というのが、ハリスおばさんの感想だった。

それから一分ほど後、飛行機はなめらかに、フランスの空港の舗装した滑走路にガッチャンコもやらず無事着陸した。ハリスおばさんの意気はますます高まった。親友のバターフィルドおばさんは、飛行機が空中分解するか、海の中へつっこむにきまってる、といいはったが、そんなろくでもない予言はあたりはしなかったのだ。パリの街も、うわさほどぶっそうなところではないかもしれない。だが、そうだとしても、ハリスおばさんは用心して、気をはりつめていた。

おばさんは、ルブールジェ空港からバスに乗り、はじめて見る家や商店がたちならび、聞きなれない、ちんぷんかんぷんのことばで、なにやら得体のしれない品物を売りつけようとしている人々の声を聞きながら、知らない長い街なみをゆられていった。おばさんは、まだまだ緊張にこりかたまっていた。

パリ・アンバリィド・エア・ターミナルのごったがえしでめんくらう乗客の世話をするために配置されている、英欧航空の係員は、ハリスおばさんの帽子とハンドバッグと、ぶかぶかのくつと、すばしこそうな目をひと目みて、すぐにぴんと来た。

(おほう、こりゃ、なんてこった。ロンドンの通いの家政婦さんだね。パリになにしに

おいでなさったんだろう。パリにお手伝いさんがたりなくて大弱り、ということは聞いてないがね)

係員は、その婦人が、勝手がわからずにまごまごしているのに気がついた。彼は、すばやく乗客名簿を調べて、たしかにまちがいなしと見当をつけると、おばさんに近づいて、制帽に手をやってものやわらかにたずねてみた。

「ミセス　ハリス、なにかお手伝いいたしましょうか」

ハリスおばさんは、いたずらっ子のような目をぱちくりさせて、その男に、品性が堕落している兆候があらわれていはしないか、外国人をぺてんにかけるいんちき野郎めいたところはないかと、とっくりと点検した。ところが、その男は、ていねいでおだやかなものの腰で、ふつうのイギリス人とすこしも変わらなかった。おばさんはすこしがっかりして、それでも用心をわすれずにいった。

「おや、ここでもみなさんは、上等の英語を話すんですね」

「そうですとも、奥さん、わたしはイギリス人ですからね。だが、パリの人たちもたいがい、すこしは英語を話しますよ。奥さんもあまりご不自由はなさらないでしょう。奥さんは、今晩十一時のわたしどもの旅客機でお帰りになるのでしたね。それまでに、とくにお行きになりたいところがおありでしょうか」

ハリスおばさんは、このことばを外国人にどんなぐあいにいおうかと、ずいぶん気をやんでいたものだと、ちょっと感慨にひたってから、きっぱりといった。

「では、すみませんが、タクシーをよんでくださいな。ここに十ポンドあります」

「ああ、それなら、奥さん、それをすこし、フランスの金にお替えになったほうがよろしいですよ。一ポンドがだいたい千フランになります」

そこでハリスおばさんが両替所へ行くと、おばさんの緑色のポンド紙幣の数枚は、汚れた、ぺらぺらでぼろぼろの青い千フラン紙幣と、手あかのついた百フランのばら銭に変わった。ハリスおばさんは憤慨した。

「なんですね、こりゃ。ここでは、こんなものをお金というんですかね。このばら銭ときたら、まるで古がね屋行きみたいだよ」

おばさんがとっちめるようにいうと、航空会社の係員はほほえんだ。

「そういわれりゃそうですなあ。フランス政府は、これしかみとめていないものでしてね。まだ気がついていないのでしょう。しかし、通用することはまちがいないですよ」

係員は、人ごみの中をつっ切って坂道をのぼり、ハリスおばさんをタクシーのほうへ連れていった。

「車に、どこへ行くようにいいましょうか」

ハリスおばさんは、肉体労働でぺたんこにやせた背をしゃんとつっ立て、帽子のピンク色のバラの花を真上にむけて、侯爵夫人のようにおちつきはらった、とりすました顔で、車の中にすわりこんだ。ただ、小さな目だけが興奮におどっていた。ハリスおばさんはいった。

「クリスチャン・ディオールの衣装店へ行くように、いってくださいな」

航空会社の係員は、ことばははっきりと聞こえたものの、聞きまちがいではないだろうかと、ハリスおばさんをまじまじと見つめた。

「えっ、奥さん、どこですか」

「ディオールの店だってば。聞こえないのかしらね、この人」

いやもう、はっきり聞こえていた。係員は、どんな種類のできごとがふいにもちあがろうと、奇妙な事件に出くわそうと、なれっこになっているはずだった。けれども、彼は、毎朝、ロンドンの汚れをこすり落とすために、事務所や家庭にむかって威勢よく出勤していく、ロンドンの通いの家政婦の大部隊の一員であるこの婦人と、世界最高級の衣装店と、どんなつながりがあるのか、のみこめなかったのである。係員は、まだとまどっていた。

「よく聞いといておくれよ。なにをもたもたしているんだね」

と、ハリスおばさんは、きびしい口調でいった。

「レディが、パリで自分のドレスを買いに行くのが、なにがへんなんだよ」

度肝をぬかれた係員は、フランス語で運転手にいった。

「モンテーニュ通りのクリスチャン・ディオールの店へ、このご婦人をお連れしてくれ。だが、このかたから一文でもよけいにふんだくろうなんて了見をおこしたら、二度とここで商売をさせないからな。いいかい」

車が走り去ると、係員は、自分はもうどんなことにぶつかってもおどろかないだろうと痛感しながら、頭をふりふり、控え室へもどっていった。

胸をときめかせてタクシーを走らせている道すがら、ハリスおばさんの思いはロンドンへ舞いもどっていた。

(留守の間、バターフィルドさんが仕事のほうをうまくやってくれりゃいいんだけどねえ……)

前もって通告をしておかないで首にするのは、この仕事ではありがちなことだった。けれども、ハリスおばさんのやりかただと、ハリスおばさんのほうが、とつぜんお得意を首にしてしまい、二度と出勤をごめんこうむるといったあんばいだった。ハリスおばさんのお得意先のリストには、ふるいにかけたあとの、きまった家だけがのこっていた。この中のある家には、毎日きまって何時間か手伝いに行き、ほかの家には一週間に三度ぐらい、というぐあいになっていた。一日に十時間の労働で、朝八時に仕事をはじめ、夜の六時におわる。

そのほか、土曜日にはハリスおばさんお気に入りのお得意さんのところで、半日働いた。このスケジュールを一年五十二週間、きっちりとまもってきた。一日の労働時間はぎっしりとつまっているので、お得意は六、七軒にしぼられてしまい、場所もベルグレービア族とよばれている、イートン地区とベルグレービア地区の高級住宅地あたりの家庭にかぎられてしまった。朝、その一画にひとたび出勤すると、訪問先の家庭から、つぎのアパート、さらにつぎのミューズ街の厩舎《ミューズ》へと、すばやくまわれる。おばさんはまことにめざましく働いた。

そのお得意の中には、ハリスおばさんがついあまやかしてしまった、ひとりもののウォレス少佐がいた。少佐は、なかなかのロマンスの持ち主で、ハリスおばさんは、少佐がロマンスの遍歴の主人公だというところをひいきにしていた。

ハリスおばさんは、ロンドン駐在のハリウッドの映画・テレビ会社支社長の奥さんであるシュライバー夫人も大好きだった。夫人は、どことなくとんちんかんなお人よしで、あらゆる面に、いかにもアメリカ人らしい心のあたたかさと寛大さを発揮したが、中でもその思いやりと興味はハリスおばさんにそそがれていた。

また、工場を経営している大金持ちの男爵夫人、おしゃれのレディ ダントも、お得意さんのひとりだった。男爵は、いなかに邸宅を持っているうえに、ロンドンにりっぱなアパートを借りていた。猟友会の舞踏会や慈善パーティーの席上でのレディ ダントの写真が、いつもクイーン誌やタトラー誌に掲載されていて、ハリスおばさんの自慢のたねとなっていた。

ほかに、白系ロシア人のウィンチェスカ伯爵夫人がいた。ウィンチェスカ夫人には、めざましいむこうみずのところがあって、それがハリスおばさんにはおもしろかった。そのほか、若いご夫婦もあれば、小ぎれいなアパートに住んでいて、すてきなものをいっぱい持っている次男坊もいた。また、どうしてのらくらしていて金持ちでいられるのかさっぱりわからない連中についてのゴシップあつめの宝庫のような、離婚女性のF・Fもいた。パミラ・ペンローズという小がらな女優も、お得意の中にはいっていた。ペンローズはミューズ街で二間つづきの安アパートを根城にして、一躍芸能界で名声を馳《は》せようと、やっきになっていた。

ハリスおばさんは、これらのお得意さんの世話を一手にひきうけていた。助手がいるわけではなかったが、いざというときには、無二の親友のバイオレット・バターフィルドおばさんがひかえていてくれた。この婦人も未亡人で、通いの家政婦をしていたが、ハリスおばさんとちがって、人生その他なにごとにつけても、悲観的な見方をするたちだった。

ハリスおばさんが小がらでやせっぽちであるのにひきかえ、バターフィルドおばさんは大がらで、でっぷりと太っていた。バターフィルドおばさんも自分のお得意さんを確保していたが、さいわいなことに、ハリスおばさんと同じ地域だった。このふたりの未亡人は、必要なときはいつでも、じょうずにチームワークを発揮して助けあっていた。

もしも片方が病気になったり、仕事に追われすぎて、きりきり舞いのしようもなくなったときには、もうひとりのほうが、自分のお得意まわりの時間をきりつめてやりくりをし、親友の得意先をまわって安心させ、満足させてやった。めったにないことだが、ハリスおばさんが気分がわるくて寝こんだりすると、ハリスおばさんは自分の得意先に電話をして、この大異変の報告をし、こうつけくわえることをわすれなかった。

「だけど、ご心配にはおよびませんよ。わたしの友だちのバターフィルドさんが、お宅へうかがうことになっていますからね。それにわたしも、あしたには、きっと出かけられますですよ」

バターフィルドおばさんがわずらったときも同様である。ふたりの性格は、昼と夜のように正反対だったが、ふたりは友情にかたくむすばれた誠実な友だちで、たがいに助けあうことを自分たちの人生の義務の一部とこころえていた。ふたりの友情は、なにものにもかえがたいものだった。ハリスおばさんの地階のアパートは、ウィリスガーデンズ五番地で、バターフィルドおばさんは七番地に住んでいたから、ふたりが、よもやま話やうちあけ話をするために訪問しあわない日は、めったにないといってよかった。

タクシーはいま、ハリスおばさんが飛行機の上からながめた大きな川をわたった。わたりながら見てみると、川の水は青くはなく、ねずみ色をしていた。

橋の上で運転手が、ほかの自家用車の運転手とはげしいいいあいをはじめた。運転手は、たがいにどなり、わめきあった。ハリスおばさんには、なにをいっているものやらわからなかったが、いいまわしのぐあいで意味はなんとなく見当がついたので、ひとりたのしそうにわらった。

そして、ゆくりなくもハリスおばさんは、パミラ・ペンローズのことを思い出した。ペンローズは、ハリスおばさんが、仕事を一日だけ休みたいから、と連絡したとき、この運転手たちのように大さわぎをやらかしたのである。ハリスおばさんはバターフィルドおばさんに相談して、この休業をやりくっていたのだが、この野心に燃えている女優志願の娘のことも、バターフィルドおばさんにたのんでおいた。

ハリスおばさんは、目がきいて、まっとうな判断のできる人でありながら、奇妙なことに、おばさんがいちばんひいきにしていたのは、このミス ペンローズだった。

この娘は——ハリスおばさんが、彼女あてに来た手紙の上書きをちらりと見たところでは、本名はエニード・スナイトだったが——エレベーターもない安アパートを根拠地にして、しまりのない朝夕を送っていた。

この俳優のたまごは、小がらで、しなやかな金髪と、ひきしまった口もとをしていて、ふしぎなほど動かない目は、ひたすら、あきもせずにただ一つのもの、つまり自分自身だけのことにそそがれていた。彼女は、みごとな肢体と、見てくれのいいきれいな足をしていたが、この足は、いまだかつて、他人のしかばねをふみこえて、のぞんでいる地位までよじのぼったことはなかった。

彼女は、はなやかな脚光をあびるためになら、どんな手段でもいとわないというやりかただった。だが、この一、二年間は、コーラスガール、それに二、三本の映画のつまらない端役《はやく》と、テレビの画面に、「その他大勢」のひとりとして、何回かあらわれただけだった。いじわるでわがままで冷酷で、態度も、性質と同様感じがわるかった。

だから人々は、（ハリスおばさんもいずれは、あのろくでもない小娘の正体を見やぶって、つきあわないようになるだろう）と思っていた。なにしろハリスおばさんときたら、お得意先で腹のたつことがあったりしたら、さっさと鍵《かぎ》を郵便受けにほうりこんで、二度とそこへは行かないからである。

たとえ、暮らしのために仕事をしていても、ほかのなかまと同じ心意気で、ありきたりにそうじをするだけの通いの家政婦にはなりたくなかった。ハリスおばさんの働く場所は、その家に住む人の人がらがいいか、それとも家そのものが気に入ったか、そのどちらかでないとだめだった。

しかし、たしかにハリスおばさんは、ミス スナイトの鼻もちならぬ正体を、ある点まで見やぶってはいた。だが、そのせいで、おばさんはますます、ミス スナイトをもりたててやりたくなったのだった。というのは、あくせくした毎日の悪戦苦闘からぬけ出して、なんとか望みを達したいという、この娘のはげしい、がむしゃらな欲望が、ハリスおばさんにはよく理解できたからだった。

ハリスおばさんがパリくんだりまで、のこのことまかり出てくることになったのも、自分のけたはずれの欲望のせいである。そのさえぎりとめることのできない欲望のとりことなるまでは、ハリスおばさんは、ミス スナイトを理解していたつもりでも、自分で切実に体験していたわけではなかった。ハリスおばさんのは、ひとかどのものになろうとあがいているのではなくて、生きるための戦いだった。

だから、ハリスおばさんとミス スナイトの努力は、たちがちがっていた。ハリスおばさんの連れ合いが二十年ほど前に死んだとき、彼女には一文もなかった。生活をつましくして、なにがなんでも生きていかなければならなかった。未亡人年金など、たよりにはならなかった。

　また、ハリスおばさんが、ミス スナイト、またの名ではミス ペンローズをほうり出さないのは、この小娘がただよわせている、はなやかな舞台の雰囲気のせいだった。ハリスおばさんにとって、この雰囲気はたまらなかった。

　ハリスおばさんは、人間の肩書きや財産、地位・家系などには、なんの感銘も受けなかったが、演劇やテレビや映画にかかりあいのあることがらや、その世界の人には、無性に魅力を感じてしまう。

　ミス ペンローズが、ろくでもない小娘というだけでなく、「その他大勢」の大根さんであったにしても、ハリスおばさんは、この娘が、芸能界の上っつらにういているあぶくだとは知らなかった。ミス ペンローズの声がときたまラジオから聞こえたり、テレビドラマの画面を、お盆などを運んで一瞬すうっと横切ったりすると、ハリスおばさんは大喜びだった。

　こんなわけでハリスおばさんは、この孤軍奮闘している娘に一目おいて、ご機嫌をとり、あまやかし、なかまのだれもがそっぽをむいたミス ペンローズを、自分のお得意名簿に入れたのだった。

　タクシーは、両側に美しい建物が立ちならんでいる広い大通りへ出たが、ハリスおばさんには建築物を鑑賞する趣味がなかったし、まちがってその趣味があったところで、このさい、そのゆとりもなかった。

「まだ、だいぶあるんですかね」

ハリスおばさんは運転手にむかってどなった。運転手はスピードをゆるめもせずに、両手をハンドルからはなし、腕をふりながら、うしろをむいてなにかさけんでくれた。もちろんハリスおばさんには、ひとことだってわかりはしなかった。けれど、アシカのようなしょぼしょぼひげの下にうかべている微笑が、たよりにしてよさそうで、また、ひじょうに人なつっこく思えたので、ハリスおばさんは、長い間のあこがれであった最終の目的地に到着するまで、しんぼうして乗っていくことにきめた。

そして、ふたたび座席にもたれると、自分がこうしてパリまでまかり出ることになった、奇妙ないきさつの回想にひたっていった。

第二章

そもそもの事のおこりは、数年前のある日にはじまった。ハリスおばさんは、レディダントのアパートで仕事をしていた。衣装戸だなをかたづけようと思って戸をあけたら、そこにつるしてあった二枚のドレスが目にとびこんだ。一枚はレースとシフォンでできている、夢まぼろしのようなクリームとアイボリー色のドレスだった。もう一枚は、サテンとタフタをつかった、燃えるような深紅のドレスで、大きな赤い蝶《ちょう》の形のリボンと赤い大輪の花が一輪、かざりについていた。

ハリスおばさんは思わず息をのんで、その場にぼうぜんと立ちつくした。生まれてこのかた、こんなに、ふるえがくるほどの美しいものは見たことがなかった。

ハリスおばさんは、色どりのない、つつましい暮らしをしてきたが、じつのところ、美しいものやゆたかな色彩には、たまらなくひきつけられるたちだった。そのあこがれが、いまでは、草花を愛することとなってあらわれていた。彼女は名うての花つくりで、新種の作出だってやってのけた。草花が、おばさんの手にかかると、育ちそうにない場所でみごとに開花するのだった。

ハリスおばさんは、地階のアパートの窓の外に、植木の箱を二つおいて、大好きなゼラニウムの花を植えていた。部屋の中にも、身のおきどころもないほど、ゼラニウムの小鉢があって、まずしい部屋のたたずまいに、すこしでも色彩をそえようというふうに、けんめいに咲いていた。車をひいてくる花売りから、ひたいに汗して働いて得た一シリング玉で買った、ヒヤシンスやチューリップの小さな鉢植えなどもおいてあった。

それから、ときには、働きに行くお得意先の家の人が、切り花ののこりをくれることもあった。ハリスおばさんは、そのしおれかけた花を持って帰ると、心をこめてめんどうをみた。ときおり、とくに春が来ると、サンシキスミレや、サクラソウや、アネモネの小鉢を買った。身近に花のあるかぎり、ハリスおばさんは、自分の人生について、ぐちをこぼしはしなかった。

花は、くすんだ色の石の壁にかこまれた大都会の砂漠に住む、さびしい女の避難の場所だった。このような明るい花の色は、どれほどハリスおばさんを満ちたりた気分にさせたことだろう。燈《ひ》ともしごろには、花に会えるとたのしんで帰り、朝は花にあいさつをしようと起きだす。そういう心のよりどころとなっていた。

ところがいま、衣装戸だなの中から、驚嘆すべき新しい種類の美しい創造物があらわれて、ハリスおばさんをぼうぜんとさせたのである。それは、芸術家という人間の手になった人工的な美しさではあったが、たくみに女心をねらって、その心をみごとに射とめるようになっていた。これを見た瞬間、ハリスおばさんは芸術家のしかけたわなにはまりこんでしまった。ハリスおばさんの胸の中に、このようなドレスを自分も持ってみたいという、はげしい願いがわきあがった。

その願いは、まったくちぐはぐなものだった。ハリスおばさんがそんな豪華なドレスを身につけるおりは、一生のうちにおそらくやって来ないだろう。また、ハリスおばさんの暮らしの中には、そんなドレスのはいりこむ余地はないのである。しかし、ハリスおばさんが心をゆすぶられたのは、女性にはだれにもわかってもらえる心の動きだった。ハリスおばさんは、ベッドに寝かされている赤んぼうが、本能的に色のあざやかなものをつかみたがるように、たまらなくほしくなった。

その願いは、胸の奥底からこみあげてきた。なんとその魔力の強烈だったことか。ハリスおばさんは、その瞬間、まわりのことはなにもかもうちわすれた。目の前の衣装にすっかり心をうばわれて、二枚のドレスを見つめたまま、そこに立っているのが精いっぱいというところだった。ゴム底ぐつに、汚れた作業衣、小さく束ねた髪のほつれを耳のあたりにまつわらせ、棒ぞうきんの柄にもたれた、その姿は、そうじのお手伝いさんの古典的な画像そっくりのすがただった。

ハリスおばさんが立ちつくしているとき、レディ ダントが書斎から部屋にはいってきて、そのようすを見た。そして、大声で話しかけた。

「それ、どう？　わたしのドレスよ」

ところが、ハリスおばさんは身じろぎもしない。その表情にはなんの変化もなかった。レディ ダントは、ふたたび声をかけた。

「そのドレス、気に入って？　わたし、今晩、どっちを着ていったものか、まだきめていないのよ」

ハリスおばさんは、それでもまだ、心を浮きたたす色あいの絹とタフタとシフォンでできている、生き物のような芸術品に、すっかり魂をうばわれていたので、レディ ダントが話しかけていることさえ、ほとんど気がついていなかった。

ドレスは思いきってカットしてあり、ひじょうに巧妙にふっくらと仕立ててあるので、まるで命のあるものがすっと立っているかのようだったし、また、人が着て立っているようにも見えた。ハリスおばさんは、ようやく息をのんで感嘆した。

「なんとねえ！　きれいなものですねえ。こりゃまた、ずいぶんお高いもんにちがいありませんでしょうねえ」

レディ ダントは、ハリスおばさんが目をみはるところをぜひ見たいという気持ちを、おさえることができなかった。なにしろ、ロンドンの通いの家政婦さんは、めったなことでは目をむいたりはしないのだから。じっさい、彼女たちは、世間でもっとも感受性にとぼしい人種ということになっている。

レディ ダントは、かねがねハリスおばさんに一目おいていたので、日ごろの借りをかえすのはこのときとばかり、例によってけらけらわらいながらいった。

「そうね、高いっていえば高いわね。こっちのドレスは――『イヴォワール』っていうんだけれど」と、アイボリーのことをフランス語でいって、「三百五十ポンドぐらいだったわ。こっちの赤いのは――『恍惚《こうこつ》』――っていってね、四百五十ポンドしたわ。わたしはいつも、ディオールのお店へ行くのよ。やはり行っただけのことはあるようね」

「四百五十ポンド」

ハリスおばさんは、おうむがえしにいった。

「いったい、どうしたら、そんなにお金がはいるんでしょうかねえ」

ハリスおばさんだって、パリの服飾の流行について、まるきり知らないわけではなかった。ときどきお得意さんからもらう、月おくれのファッション誌の、熱心な愛読者だったからである。

ファース、シャネルとバレンシア、カルペンティエ、ランバン、そしてディオールのことは、すこしはかじっていた。この終わりの名は、美に飢えているハリスおばさんの心の中で、ベルのように鳴りひびいた。

ファッション雑誌の「ヴォーグ」や「エル」のすべすべしたページをめくって、ドレスの写真にふんだんにぶつかったところで、それがカラーだろうと白黒だろうと、そんなドレスは、人間界のものとは思えなかった。つまり、ハリスおばさんにとっては、手のとどかない月や惑星の世界にあって、見はてぬ夢といったところだった。

ところが現実に、ドレスに鼻っ先で対面すると、事情はずっと変わってきた。一針一針のたんねんな縫い目は、人の心をうっとりとさせてしまう。さわることも、においをかぐことも、いつくしむこともできるし、そうやっているうちに、むらむらと燃えたつ欲望の炎に胸をこがしてしまうことになる。

ハリスおばさんはレディ　ダントに、自分もこんなドレスを手に入れたいという意欲を表明したつもりはなかったが、さっきのハリスおばさんの、「どうしたら、そんなにお金がはいるんでしょうかねえ」は、「わたしに、どうしたら、そんなお金ができるんでしょうかねえ」という意味だった。こんな質問に答えようはありはしない。まあ、あるとしたら、一つだけ。そんな金は、賭《か》けにでも勝つよりほかにはない。その賭けに勝つチャンスなどというものは、あかつきの星の数よりなおすくないだろう。

レディ　ダントは、ハリスおばさんに目をむかせることができたので、上機嫌だった。二枚のドレスを一枚ずつおろしてハリスおばさんに見せたので、ハリスおばさんは、なおいっそう感銘を受けた。

ハリスおばさんの手は、しょっちゅう、せっけんと水に縁があるので、しごくきれいである。そのことを知っているのでレディ　ダントは、ハリスおばさんにドレスの布地をさわらせた。あくせく働くこの小がらなそうじおばさんは、まるで聖杯でも受けるような手つきで、おそるおそるドレスにさわった。

「すばらしいもんですねえ」

ハリスおばさんは、またも感嘆した。ただし、レディ　ダントは、この一瞬、ハリスおばさんが、ぜがひでも、神の御名《みな》にかけて、自分の衣装戸だなの中にもディオールの創作ドレスをつるす決心をかためたのを、うかがい知ることはできなかった。

レディ　ダントは、してやったとばかり、なにくわぬ顔をしてほほえみながら、衣装戸だなの戸をしめたが、ついでにハリスおばさんの心の戸をしめて、彼女の願いをしめ出すことまではできなかった。完璧《かんぺき》の美しさをもつドレスは、女性ののぞむ最高の装飾品である。

ハリスおばさんだって、レディ ダントやほかの女性となんら変わりない女性だった。ハリスおばさんはほしかった。無性にほしかった。世界で最高に高価な店と折り紙のついている、パリのディオールの店から、なんとしてもドレスを買いたかった。

ハリスおばさんは、ばかではなかった。そんなドレスをつけて人さまの前へ出ようなどとは、夢にも思っていなかった。自分にたった一つあたえられている場所は、自分の住む部屋だけだということも知っていた。ハリスおばさんは、自分の砦《とりで》をまもりとおしてきた。このすみかにみだりに侵入しようとするものには、わざわいがおそいかかるだろう。

ハリスおばさんの城は、苦労つづきのしみだらけという風采《ふうさい》だったが、それでもハリスおばさんは、自分なりにけなげに、この部屋をかざってきたのだった。生活の苦しみのにじんでいるハリスおばさんの部屋には、じつのところ、そのような最高級のぜいたく品、あでやかなドレスなどがはいりこむ余地はなかった。

しかし、ハリスおばさんは、そんなドレスをぜひとも自分も持ちたかった。女性の所有欲だと、いわばいえ。ドレスを戸だなの中につるしておいて、家を留守にして働いているときも、(あそこにあれがあるんだよ)と、いつも思っていられる、帰って戸をあけると、そこには、すてきな手ざわりと、目の保養をさせてくれる自分のドレスが待っている。そうなったら、どんなにいいだろう。

ハリスおばさんは、まずしい暮らしのしつづけだったために味わえなかったこの世のすべてのたのしみが、――彼女のまずしい生活の水準までが――たった一枚のすばらしい、女らしい華麗なドレスの持ち主になることで、つぐなわれるような気がした。けれども、この一枚の芸術品のドレスの値段は、一個の宝石か、一粒のダイヤモンドほどもする、とうていおよびもつかない金額だったのだ。

この問題は、はてしなく堂々めぐりをやらかす気配があった。ハリスおばさんは、ダイヤモンドには関心はなかったが、たった一枚のドレスが、そんなにもばか高いという事実が、なおのこと願望をかきたて、いっそうすばらしいものに思わせたのだった。ハリスおばさんにしても、自分の望みがとほうもないものとは、よくわかっていた。だからといって、「はい、そうですか」とひっこめるものでも、ぜったいになかった。

その日は霧の深い、どんよりとした一日だったが、仕事を終えた後も、ハリスおばさんは、自分の見た芸術品を思い出しては、興奮に心をときめかせた。ドレスを手に入れたいという欲望は、いよいよつのるばかりだった。

その夜、じっとりとよどんでいた濃霧が雨に変わったころ、ハリスおばさんは、バターフィルドおばさんの居ごこちのいいあたたかいキッチンで、フットボールの賭けの用紙に、毎週の重大な行事の一つである、勝負の予想を書きこんでいた。

いつごろからそんなことをはじめたのか、どちらのおばさんもはっきりおぼえていないが、ふたりは、この全国的な賭けごとに、一週三ペンスずつおさいせんをはらうことにしていた。この希望と興奮と刺激が、たった三ペンスで買えるのだから、たしかに安いものだった。賭けの用紙に書きこんで、ポストにほうりこんでしまったあと、結果が新聞に発表されてがっくりするまでの間は、いうにいわれぬ大金持ちになった気分でいられた。それに、実際には、ふたりとも当たるつもりはしていないので、本気になって意気消沈もしなかった。

ハリスおばさんは一ぺんだけ三十シリングの賞金を射とめたことがあったし、バターフィルドおばさんは、何度か三ペンスのはらいもどしを受けて、つぎの週は、ただでたのしむことができた。むろん、ただそれだけのことだった。夢のような莫大《ばくだい》な賞金は、幸運なばちあたりの名が、ときおり新聞に発表されはするものの、いわば魅力的な「たなからぼたもち」のおとぎ話でしかなかった。

ハリスおばさんは、もともと、スポーツになど興味がありはしなかった。また、フットボールのどのチームが、どこでどんな健闘をしているのか、追いかけているひまもなかった。だが、さて、賭けの予想にしても、チームの組み合わせと順位の変化をかぞえあげたら、何十万という数になってしまう。

ハリスおばさんの予想は、もっぱら、やみくもにあてずっぽうの神だのみで記入することになっていた。三十ほどの試合の結果を、勝ち、負け、引き分けにわけて予想するのである。ハリスおばさんは、その一行ごとに鉛筆をかまえては、霊感がおとずれるのを待って、なにを記入したらいいかのお告げにしたがうだけのことであった。

ハリスおばさんによると、幸運とは、感じ、ふれることのできるなにものかであるそうだ。つね日ごろは空中にふわふわただよっているが、ときおり大きなかたまりとなって、だれかの上におちかかってくるものであった。幸運は一瞬、頭上にもやもやと集中してくることがあるが、すぐに消えてしまう。

そんなわけで、ハリスおばさんは、フットボールの賞金に変身した幸運をひっつかむ一瞬を心に用意して、ぴたりと息をとめ、気をしずめ、無我の境地にはいるのである。よくあることだが、このような境地にはいっていても、強烈な虫の知らせがなく、つまり、うんともすんとも音沙汰がなかったら、やおら、思いきって引き分けの箇所にマークをつけることにしていた。

そして今晩、ふたりが電燈《でんとう》の下で、用紙と湯気のあがる紅茶をまえに、じっと腰をおちつけていると、ハリスおばさんは、幸運の霊気が、屋外の濃霧のように自分のまわりにひしひしとたちこめてきたのを感じとった。そこでおばさんは、「アストン・ヴィラ対ボルトン・ワンダラーズ」という最初の一行に鉛筆をかまえ、真剣なまなざしでバターフィルドおばさんを見やっていった。

「これは、わたしのディオールのドレスだわよ」

「あんたのなんだっていったの」

バターフィルドおばさんは、きょとんとして聞きかえした。友人のいったことが、半分しか聞こえなかった。このご婦人も、勝負の予想を記入するときには、精神統一法をわが身に施行して、心身ともにそれに没入してしまうからである。そして現在、まさにその状態にはいって、頭の中でなにかがカチンと鳴りひびき、すわこそと息もつかず、つぎつぎに勝利チームの予想を書きこもうとしていたところだった。

「ディオールのドレスですよ」

と、ハリスおばさんはくりかえした。それから、まるで、ふきあげてくる激情をおさえかねるような、すさまじい口調でいった。

「わたしゃね、ディオールのドレスを買うことにしたのさ」

「いますぐかい」

バターフィルドおばさんは、没我の境地からもとの世界へひきもどされることは、いかにも気にそまなくて、不平たらしくいった。

「マークス・アンド・スパークスの店で、なにか新しいドレスでも買うの？」

「マークス・アンド・スパークスの店だなんて、よしとくれよ。ディオールって聞いたことがないのかい」

「聞いたような、聞かないような……」

バターフィルドおばさんは、どっちともつかずにつぶやいた。

「ディオールの店はね、世界最高なんだよ。パリに店があってね。そこのドレスは四百五十ポンドもするんだよ」

バターフィルドおばさんは、忘我の境地から現実世界へ、どすんといきおいよくひきずりおろされた。彼女は、口をはでにあけはなした。ぶくぶくしたあごが、円筒をちぢめる式のおりたたみコップのように、順ぐりにたたみこまれていった。

「四百五十ポンドだって？　あんた、気でも変になったんじゃないのかい」

バターフィルドおばさんは、あきれかえって、息がつまりそうだった。

一瞬、ハリスおばさんまでもが、この変貌《へんぼう》にはショックを受けたが、心の中にわきあがっている、欲望の逆巻く力をおさえるすべもなかったので、なおのことしっかりと決意を表明した。

「レディ　ダントのところの衣装戸だなに、ディオールのドレスがあったんだけどね。レディ　ダントは今晩、慈善パーティーにそのドレスを着ていったのよ。わたしゃ、あんなドレスは、夢の中か、本の中にしかないと思ってたけれど、すばらしいものだったねえ。生まれてこのかた、見たこともないものだったよ」

ハリスおばさんは、ちょっと考えこんで、ひそひそ声になった。

「きっと女王さまだって、あんなドレスは持っておいでじゃないだろうね」

それから、大声にもどってつけくわえた。

「それでも、わたしゃ、ディオールのドレスを買うことにしたのさ」

バターフィルドおばさんのショックの波は、やっとしずまりかけて、いつもの現実的な悲観主義が頭をもたげてきた。

「だけど、あんた、その金は、どうやってひねり出すつもりかい」

「ここからさ」

ハリスおばさんは、鉛筆で賭《か》けの用紙をトントンとたたいた。それは運命の女神にむかって、自分がなにを期待しているかをはっきりつたえておくしぐさで、女神に、ここに居のこってもらうためだった。

バターフィルドおばさんも、賭けの用紙に、つね日ごろほしくてたまらない山のような品物のかずかずを、たちどころに家に持ちこんでもらいたいと期待しているので、友だちの心の内もよく理解できた。しかし、バターフィルドおばさんは、ふさぎこんで、別の考えを申し述べてみた。

「あんた、そんなドレス、わたしたちにゃ、似合わないよ」

ハリスおばさんは、いきりたって反発した。

「似合おうと似合うまいと、かまやしないわよ。とにかく、あんなきれいなドレスには、お目にかかったことがないんだよ。だから買うことにしたのさ」

バターフィルドおばさんは食いさがった。

「でも、あんた、そんなものを買って、どうするつもりなんだね」

ハリスおばさんは、ちょっとたじろいだ。すばらしい創作衣装を買って後《のち》のことは、考えていなかった。ハリスおばさんにわかっているのは、自分がディオールのドレスに死ぬほどまいってしまっていることだけだった。だから、バターフィルドおばさんの質問にも、こうこたえるよりしかたがなかった。

「買うんだよ。なんとしても買うんだから」

ハリスおばさんの鉛筆は、賭けの投票用紙の最初の一行めにおいたままになっていた。

ハリスおばさんは気をとりなおしていった。

「さあ、一発やりましょうかね」

まるで指が頭とは関係なくかってに動いているかのように、まようことなく、すらすらと一行ごとに、勝ち・負け・引き分け・引き分け・引き分け・負け・勝ちと、ひと息に書きおえた。こんなにすばらしいテンポで進行したことは、かつてなかった。

「さあ、できたよ」

「あんた、幸運を祈るよ」

と、バターフィルドおばさんはいった。ハリスおばさんの手ぎわに気をのまれて、自分の用紙には、ほんのお座なりの記入しかできなかったが、それでも全部書きこんだ。

ハリスおばさんは、まだ、なにものかにとりつかれているようだった。彼女は、しゃがれた声でいった。

「幸運がついているうちに、いますぐ、これをポストに入れてこなくちゃ」

ふたりは、コートをひっかけ、スカーフをかぶって、雨の落ちているじっとりとした霧の町に出ていった。街燈の下で、街かどの赤いポストが、にじんで光っていた。ハリスおばさんは、封筒のはしに、ちょっとくちびるを当てていった。

「ディオールのドレスをお願いしますよ」

ポストの口から封筒をすべりこませて、落ちていく音を聞いた。バターフィルドおばさんも、自分の封筒を自信なげに投函《とうかん》した。

「あてになんかしないことだよ。そうすりゃ、はずれたってがっかりしないからね。これがわたしのモットーさ」

バターフィルドおばさんは、そういった。それからふたりは、お茶でものもうと、もどっていった。

第三章

その週の終わりに、腰をぬかすほどのおどろくべき大発見をしたのは、ハリスおばさんではなくてバターフィルドおばさんだった。彼女は、からだをぶるぶるふるわせて、ハリスおばさんのキッチンへとびこんできたが、すっかり頭に血があがってしまって、ろくに口もきけず、脳溢血《のういっけつ》の発作でもおこしそうだった。

「あ、あ、あんた！」バターフィルドおばさんは、つっかえながらいった。

「あんた、当たったんだよ！」

ハリスおばさんはこのとき、ウォレス少佐の、洗濯のすんだワイシャツにアイロンをかけていた。こんなことをしてやるから、ウォレス少佐はなおあまえてしまう。ハリスおばさんはワイシャツのえりのかえりぐあいの微妙なところをやっていたので、顔をあげずにいった。

「まあ、おちつきなさいよ。そうじゃないと、あんたもあたっちまうから。いったい、なにを食べてあたったんだよ」

バターフィルドおばさんは、あえぎあえぎ、カバのように鼻を鳴らしながら、新聞をふりまわした。

「当たったんだよ、あんたが！」

ハリスおばさんは、友だちのいっていることが、すぐにはのみこめなかった。というのは、ハリスおばさんは、幸運の女神の強力なお加護を念じた後は、運の結末は、その手中にまかせっぱなしにしていたからだ。

ハリスおばさんは、ちょっと思案して、それから、バターフィルドおばさんがどなっていることの意味をつかんだ。そして、がくぜんとして、大音響をたててアイロンをおっことした。

「わたしに、ディオールのドレスが当たったんだね！」

そうさけぶと、太っちょの友だちのおなかをだきしめた。ふたりは、子どものようにキッチンの中をおどりまわった。それから、ふたりは腰をおろして、まちがいがないかどうか、土曜日の懸賞の結果の得点と数字をたんねんに、そして、夢中になって当たってみた。むろんふたりは、自分たちの投票の控えをとっておいた。たしかに、まちがいはなかった。ハリスおばさんの予想は、二試合をのぞいたほかは全部当たっていた。きっと、莫大《ばくだい》な賞金がもらえるだろう。だが、その金額は、ハリスおばさんと同じ成績の人が何人いるか、または、それ以上の成績の人がいるかどうかによってきまる。

しかし、これだけは確実に思われた。ディオールのドレスは、まちがいなく手にはいりそうだ。そのくらいの金額はころがりこむだろう。三十試合中、二十八試合もの勝敗を的中させた人の賞金がすくないはずはないと、ふたりは考えた。

そしてふたりには、耐えなければならない一大試練が横たわっていた。ハリスおばさんの思いがけない賞金の額は、電報で水曜日に知らされる。それまで待たなければならなかった。

「わたしがドレスを買ってあまった分は、あんたと半分わけにしようね」

小がらな通いの家政婦さんは、太っちょの友だちに、心あたたまる気前のよいことをいった。本気でそうするつもりだった。ハリスおばさんは、はじめての大当たりの興奮にすっかり酔って、はやばやとまぼろしを見ていた。

——売り場の係員一同がうやうやしく頭をさげる中を、しずしずとディオールの店にはいっていく光景だった。ハンドバッグには札たばがぎっしりつまって、はちきれそうになっている。

通路から通路をめぐってまわる。サテンやレースやビロードや錦織《にしき》りの、目のさめるような創作衣装のかずかずが、彼女のおめがねにかなおうと、緊張してかしこまっている。ハリスおばさんは、陳列場から陳列場へとおもむろにまわり歩いて、おしまいにこういう。

「ちょいと、あれをちょうだい」

ハリスおばさんは、もともと楽天家だったが、それにしてもやはり、物ごとはこんなにうまく運ぶものではないのにと、まゆつばにならないわけにはいかなかった。彼女にはこれまで、なにひとつとして楽なことはなかった。毎日の生計はぎりぎりで、やりくりの骨折りばかりをつづけてきた。そんな境遇がまゆにつばをつけさせるようにしつけたのである。

それにしても、そもそも、どういうことだろう。無用の長物の最高級品を死ぬほどほしがるなどとはぜいたくのきわみで、正気の沙汰ではない。ところが、それを手に入れようと、賭けに望みをたくしたら、一発で勝利をひきあてた。おとぎ話の材料にふさわしかった。

それでも人間には、ときたま、こんな気まぐれなことがめぐってくるらしい。だから人々は、一日おきに新聞をひろげては、懸賞記事に目をとおしつづける。

ところで、ハリスおばさんは、水曜日まで気まぐれの結果の数字を待つよりしかたがなかった。しかし、リーグ戦の勝負の結果と数字が変わることはなく、ハリスおばさんの勝ちは、うたがいなかった。それについては、彼女は何回となく回答をチェックすることをくりかえした。

もはや、ディオールのドレスが自分のものになることは、決定したようなものだった。いや、それどころか、しこたまおつりが来て、それをバターフィルドおばさんと山分けすることにした。かつて賞金が最高十五万ポンドにのぼったことだってあったのだから。

ハリスおばさんは、三日間というもの案じつづけて、ついに水曜日の朝になり、待ちに待った賭《か》けのご本山からの運命の電報を受けとった。ハリスおばさんは、電報の封を切って中を見ようとはしなかった。バターフィルドおばさんとともに読むつもりだった。

ハリスおばさんは服を着て、電報をにぎりしめ、バターフィルドおばさんのところへとんでいった。太っちょの友だちは、緊張し、いすにどっかと腰をすえ、重大な一瞬にそなえて、エプロンで顔をバタバタあおぎながらさけんだ。

「どうか、神さま、この人のためにおめぐみを……。あんた、いいよ、あけてよ。わたしゃ、どきどきして死んでしまいそうだよ」

ハリスおばさんは、ふるえる指で封をやぶり、電報を開いた。そこには、かんたんに、「賞金のわけまえは百二ポンド七シリング九ペンス半」と書いてあった。ハリスおばさんが心にいだいていた可能性は、ぺしゃんこになった。

これは、考えようによっては、けっこうなことだった。賞金の額は、ディオールのドレスの所有者になるには、とうていたりなかった。ハリスおばさんの夢は実現せず、やはり、あかつきの星となって遠ざかってしまったようだった。

このとき、バターフィルドおばさんは、天がさだめた自分の職務であるかのように、なぐさめのことばをかけた。

「でもまあ、ぜんぜん当たらないよりゃ、なんぼましだかしれないじゃないの。たいがいの人なら、その金額で有頂天になるわよ」

しかし、失望は、おいそれとおさまるものでもなかった。ハリスおばさんは心の奥底で、

（人生ってものは、そうそううまくいくもんじゃないね）

ということを、よくよく感じとってはいたのだが……。

いったいどうして、こんな数字になったのだろう。二、三日して当選者名簿がハリスおばさんに送られてきたので、はじめて納得がいった。その週のフットボールのリーグ戦は番くるわせが多くて、全試合にわたって正確に当てた人もいなかったが、ハリスおばさんと同点にこぎつけた人はわりに多かった。賞金は頭わりになるので、額がぐんとへってしまったのだった。

百二ポンド七シリングと九ペンス半という金額は、けっして小さな金額ではなかったが、ハリスおばさんの心をうきたたせはしなかった。それどころか、その後数日間、ハリスおばさんは、胸のあたりがしびれたような感じで、夜中に、ふっと、泣くに泣けない悲しい気持ちにおちいり、目をさますことがあった。そして、(ああ、あのせいだよ)と思い出すのだった。

だが、いずれこの失望がやわらいだあとは、ハリスおばさんがフットボールの懸賞で百ポンドなにがしの当たりにぶちあたった興奮のいきさつを思い出すことはあっても――そして、その百ポンドは、好きなようにつかってしまって――ディオールのドレスへのあこがれも終わりとなるだろうと、彼女自身、そう考えてもいたのだった。

ところが、事実は逆になった。あこがれは前よりもはげしくなり、ディオールのドレスを心から追い出すことはできなかった。朝、目がさめると、不幸に出くわしたみたいに、悲哀の一日がはじまり、からだから力がぬけたか、ねむっているまに、なにかがなくなってしまったような気がするのだった。そのなくなったものはディオールのドレスで、それもこの世に一枚しかなく、人生でこれがはじめての、ほしくてほしくてたまらなくて、まだ手に入れることができないものだった。

夜は夜で、バターフィルドおばさんとお茶をのみながらのおしゃべりもすみ、長年つきあってきている友人である湯たんぽのはいったベッドにもぐりこんで、あごまで毛布をかぶったそのときから、なにかほかのことを考えようと、涙ぐましい努力がはじまるのだった。

(ウォレス少佐のところに、南アフリカから姪御《めいご》さんがやって来たけど、少佐はいつも、自分の女友だちのことを、姪だとか秘書だとか親類のものだとかいうくせがあるんだから、わかりゃしない。

ウィンチェスカ伯爵夫人は、最近変わったことをはじめたねえ。女だてらにパイプをくわえはじめたんだから。パミラ・ペンローズは、灰皿のようにきたない、やくざなことばをつかっていたっけが。ありゃ、どうしてなんだろう。わたしが花壇をつくるとしたら、どんなぐあいに……)

そんな努力は、むだでしかなかった。ほかのことを考えようとすればするほど、ディオールのドレスが意識の中に侵入してきた。ハリスおばさんは闇の中に横たわって、ふるえながら、あこがれを追いつづけるのだった。

街の燈《ひ》もほとんど消えて、ただわずかに街燈《がいとう》のあかりだけが、地下室の窓にぼんやりうつっているとき、ハリスおばさんはよく、自分の衣装戸だなの中にディオールのドレスを見ている幻想にとらわれるのだった。

その色合いと生地は、そのたびにちがっていた。ときには金色の錦織りのドレスだったし、あるときは、あわいピンクのサテンだったし、燃えたつようにあざやかな朱のときもあった。あるときには、アイボリー色のレースをあしらった純白のドレスが宙にあらわれた。どれも最高級品の、いちばん美しいものだった。

ところで、ハリスおばさんにとてつもない願いをおこさせるもとになったそもそものドレスは、レディ　ダントの衣装戸だなからいつか消えていたので、ハリスおばさんは、レディ　ダントの家に行っても、つらいこともなくなった（レディ　ダントが「恍惚」というドレスをつけた写真は、タトラー誌に掲載された）。

ハリスおばさんもまた、レディ　ダントのドレスをながめさせてもらうことはいらなかった。見るよりも所有したいのであって、ハリスおばさん所有のドレスは、心の中にあざやかに存在していた。ときには強烈なあこがれのために、ねむりこむまでに、涙にぬれて、そのあとでしばしば、得体のしれないくるしい夢にうなされるのだった。

ところが、一週間ばかりたったある晩、ハリスおばさんの思いは、いつもとはちがう方向をたどった。ハリスおばさんは、バターフィルドおばさんといっしょに、フットボールの懸賞用紙の回答欄に、息もつかず書きこんだ、あの夜のことを思いうかべていた。あのときは、あこがれのディオールのドレスがきっと手にはいるという、確信に満ちた、ふしぎな感じがあったのだ。

その結果は、なるほど、たしかにまぐれあたりとなった。ただ、金額だけがよろしくなかった。よろしくなかったにせよ、とにかく百ポンド、いや、百二ポンド七シリング九ペンス半をつかんだのだ。

(なんで、こんな半端な金額なのだろう。これは、なにかのお示しかもしれないよ。これには重大な意味があるんじゃないかしら)

どうやら、ハリスおばさんの頭の中には、警鐘と合図とお告げが入りまじってやって来たようだった。それらはまさしく、天上からのおふれなのである。

(ディオールのドレスが四百五十ポンドとすると、三百五十ポンドたりないってことだわ。だが、お待ち!)

一筋の霊感が、ハリスおばさんにひらめいた。彼女は、わくわくしながらベッドの上に起きなおって、電燈のスイッチをひねった。

(たりない金は、ほんとは三百五十ポンドよりもすくないじゃないか。わたしは銀行に百ポンドあずけているんだし、つぎの百ポンドも、すでに二ポンド七シリング九ペンス半だけ、貯金しかけているじゃないの。これを百ポンドにしさえすりゃ、さらにつぎの百ポンドをためることだって、そんなにむずかしくはないだろうよ)

ハリスおばさんは自分にむかって、大声でいった。

「そうだよ、そうだったんだよ。わたしゃ、これから一生かかったって、かならず、ドレスを手に入れてみせますよ」

それからベッドをとびおりると、紙と鉛筆を持ってきて計算をはじめた。

ハリスおばさんは、まず、これまでの人生で、衣類に五ポンド以上かけたことはなかったのだが、さて、まず最初に、紙の一方のはしに、目のたまの飛び出そうな四百五十ポンドという数字を書いた。

もしもレディ・ダントが、あの衣装戸だなにさがっていたすばらしいドレスの値段を、五十ポンドか六十ポンドそこそこにいっていたとしたら、ハリスおばさんは、自分の衣類代の五ポンドとの値のひらきを、とりたてて考えもしなかったばかりか、よそさまの持ち物にわずらわされることもなかったかもしれないのだ。

しかし、この法外な値段は、なりゆきをまるで別な方向にさそいこんでしまった。女性が南アメリカ産のチンチラの毛皮や、ロシアの黒テンの毛皮や、ロールス・ロイス、カルティエの宝石、ヴァン クリーフ・アンド・アーペル、あるいは、最高級の香水、レストラン、上流社会での交際などにあこがれるのはなぜだろう。

つまり、女性らしさと女心を満足させ、保証してくれるものは、じつに、このような超一流品と、べらぼうな値段なのだ。ハリスおばさんも、大枚四百五十ポンドを投げ出して、この美しいドレスを手に入れたら、もうこの世には、なにもほしいものはのこってやしないと、心底からそう思いこんでいた。

彼女の鉛筆は、紙の上をせっせと走りはじめた。ハリスおばさんは、一時間働くと三シリングの給金をもらう。一日十時間、一週に六日、一年に五十二週働く。彼女は舌をまるめ、ほおをふくらませた。掛け算をはじめ、一年分のかせぎを出した。四百六十八ポンドになった。ちょうど、ディオールのドレス代と、パリまで往復する旅費の分になった。

さて、ハリスおばさんは、断乎《だんこ》として、また、はりきって、支出の欄を書きはじめた。家賃・税金・食費・医療代・くつ代、その他思いつくかぎりの、暮らしのためのこまごました諸雑費をならべた。そして、支出の総計を収入から引いてみると、びっくりするような結果が出た。何年も、せっせと貯金をつづけなければならないことがわかったのだ。

ハリスおばさんが、またも別口の大当たりをぶちあてるか、あてにしていないチップがたんまりころげこみでもしないかぎりは、三年とまではかからないにしても、二年はたっぷりかかりそうだった。しかし、その数字も、ハリスおばさんの自信と決心をゆるがすことはできなかった。

「きっと手に入れてみせるよ」

ハリスおばさんはそうつぶやくと、電燈を消した。そしてすぐに、子どものようなやすらかな眠りにはいっていった。

あくる朝目がさめると、悲しみはあとかたなく去っていた。そして、いよいよ未知の大冒険にのりだそうという人のように、胸をときめかした。意気ごんでいることが自分にもわかった。

その決心が具体的に他人さまにしめされたのは、あくる日の晩だった。毎週その曜日は、ハリスおばさんとバターフィルドおばさんは、映画を見に行くことにしていた。バターフィルドおばさんが、あいかわらず着ぶくれて、八時ちょっとすぎにさそいに来た。するとと意外にも、ハリスおばさんはキッチンにすわりこんでいて、まだ身じたくもしていなかった。それから、なにか標語のようなものが、壁にはりつけてあった。それには、こう書いてあった。――遊ぶひまあれば、家にいて銭ためろ――

「あんた、おそくなっちまうよ」

バターフィルドおばさんがせきたてた。

ハリスおばさんは、気がとがめるような顔をして、友だちを見ながらいった。

「わたしゃ行かないよ」

「映画に行かないんだって?」

バターフィルドおばさんは、おどろいて聞きかえした。

「きょうはマリリン・モンローだよ」

「しかたがないんだよ。行けないんだものね。わたしゃ、お金をためなきゃなんないから」

「おやおや、そんなわけかい」

と、バターフィルドおばさんはいった。彼女もときおり、臨時に費用を節約しなければならない波におそわれる。その襲来には、なんともかなうものではない。

「いったい、なにを買うんだい」

ハリスおばさんは、ごくりとつばをのみこんでからいった。

「わたしゃ、ディオールのドレスを買うんだもの」

「ああら、いやだよ、あんた。気でも変になったのかい。あれは四百五十ポンドのばか高いものだったじゃないのかい」

「わたしは百二ポンド七シリング九ペンス半は持ってるんだからね。これから、のこりの金をためるとこなの」

バターフィルドおばさんは、ただただ感嘆するばかりというように頭をふった。そのたびに、あごが小きざみにふるえた。

「あんたはしっかりものだねえ。わたしにゃとても、まねはできないよ。でもさ、映画に行こうよ。わたしがおごるからさ」

しかし、ハリスおばさんはぐらつかなかった。

「行けないね。それに、わたしはおごってもらっても、おかえしができないんだから」

バターフィルドおばさんは、大きなため息をついて、コートをぬぎはじめた。

「わかりましたよ。なにもマリリン・モンローがこの世のすべてじゃないからね。お茶でもいれて、ゆっくりおしゃべりでもするとしましょうかね。

クリッパー卿《きょう》がまたつかまったニュースを読んだ？　しようがないねえ。わたしのハーカー街のお得意は、その人の甥《おい》なんだよ。あんただって気に入りそうないい青年でね。

その人には、なにもわるいところはないのさ」

バターフィルドおばさんが自分に右へならえをしてくれた、その犠牲的行為はありがたかったが、さて、ハリスおばさんの視線は、こまったように、お茶のかんの上をさまよった。いまのところ、お茶はいっぱいつまっているが、ほどなくからっぽになり、お客のあしらいもできなくなるだろう。お茶も節約しなければならない品目の一つとして、表にあがっているのである。そう思いながら、やかんを手にした。

こうして、いよいよ、長い期間にわたる、倹約と耐乏のけんめいの暮らしがはじまったが、ハリスおばさんは、すこしも明朗さを失いはしなかった。季節の花の植木鉢をときおり買うことだけはやめなかったが、大好きなゼラニウムをとりかえることはできないので、前にもまして気をつけてめんどうをみた。

ハリスおばさんは、たばこをやめた。一本をゆっくりすうことは、なぐさめの一つだったのだが。それから、ちょい一ぱいだけたしなんでいたジンも、なしですませることになった。地下鉄やバス代を節約するために、てくてく歩き、くつにあながあくと、そこに新聞紙をまるめてつめた。たのしみにしていた夕刊もやめて、ニュースや町のできごとは、あくる日の得意先の紙くずかごから知ることにした。食べるものも着るものも切りつめた。

食べ物をけちるとからだによくないと思ったので、昼食どきにアメリカ人のシュライバー夫人のアパートで働くようにした。シュライバー夫人は、いたって気前がよくて、いつも、たまごやら、冷蔵庫の中から冷肉やらを出してふるまってくれる。ハリスおばさんはありがたくごちそうにあずかった。

　映画は見に行かなくなったし、街角のパブのクラウン亭へもさっぱりごぶさたをした。お茶もほとんどなしですませた。ただ、バターフィルドおばさんが遊びに来るときには、お茶がかんに入っているように心くばりをした。夜なべ仕事に、安物のブラウスの背にチャックを縫いつける、わりのわるい手内職までやって、あぶなく目を台なしにするところだった。

　だが一つだけ、フットボールの賭《か》けに毎週三ペンスを奉納することはやめなかった。もちろん、お光は同じ場所には天下ってはこなかった。それにもかかわらず、ハリスおばさんはどうしても賭けをうちきることはできなかった。

　お得意さんが読みすてた半年前のファッション誌で、ハリスおばさんはたえず、ディオールの動静を見まもっていた。というのは、これは、巨匠ディオールが惜しまれながらなくなる以前のことだったからである。

　ハリスおばさんは古いファッション雑誌をひろげては、いずれはディオールのすばらしい創作衣装が自分のものになるという期待にはげまされ、気力をささえたのだった。

　一方、バターフィルドおばさんは、身分不相応のものをほしがっても、ろくなことはないし、そのうち、いつかはばちがあたるという説を変えなかった。が、それにしてもハリスおばさんの決意と忍耐には感心して、応援を惜しまなかった。

彼女は、どこへでも出かけていって、ハリスおばさんを手伝った。もちろん、この秘密をよそにもらしはしなかった。ハリスおばさんが、このひとりの友だちのほかには、だれにも自分の計画と野心をうちあけていなかったからである。

第四章

ハリスおばさんの涙ぐましい努力がつづけられていたある真夏の夜、ハリスおばさんは、息せききってバターフィルドおばさんのもとにかけつけると、戸口のベルをいきおいよく鳴らした。ハリスおばさんのリンゴのようなほおは、ふだんよりさらに赤く、その小さな目は、興奮にかがやいていた。

彼女は、はかり知れぬ偉大な力、彼女のことばでいうと、「お告げ」を受けていた。そのお告げは、ハリスおばさんを、ホワイトシティで開催中のドッグレースへおもむかせようとしていた。それで、バターフィルドおばさんをさそいに来たのだった。

「あんた、また山をはる気かい。そりゃ、一晩ぐらい家をあけるのはかまわないけど、貯金のほうはうまくいってるの」

バターフィルドおばさんは、うたがわしげに聞いた。

ハリスおばさんの声は、興奮でかすれていた。

「わたしゃ、もう二百五十ポンドためたよ。もしもそれが二倍になってごらん。来週にもドレスが買えるじゃない？」

「二倍になるか、すってしまうかのどっちかだね」

がんこな悲観論者は、人生の暗い面ばかり見つめることをたのしんでいるようだった。

「お告げがあったんだよ」

と、ハリスおばさんは小声でいってから、

「行こうよ。すてきな幸運がついてるんだから」

実際、ハリスおばさんは、それを虫の知らせ以上のもの、まさしく天来の福音とも受けとっていた。おばさんは、その日の朝、目がさめたとたんに、なにかすばらしいことがおこるような気がした。彼女の神さまが、慈愛に満ちた協力的なまなざしで彼女を見おろしていることを感じたのだった。

ハリスおばさんの信心は、おさないころに日曜学校で身につけた。それからというもの、神についての知識は、いささかも変わらなかった。つまり、ハリスおばさんの神さまは、ばあや・巡査・大統領・サンタクロース、むら気な全能の神の、それぞれの特性をこねまぜてできあがっていた。この神さまは、かたときもはなれることなく、彼女のやることを心配してくれている。

ハリスおばさんは、自分の身になにがおころうとも、それは、いと高き神のおぼしめしであるということがわかっていた。彼女が、いいぬけのできないほどのでたらめをしでかしたときには、いさぎよく神のさばきを受け、裁判官の有罪の判決にしたがう。だから、よいことをしたときには、ほうびをちょうだいしたかった。失望にうちひしがれているときには、すけだちをもとめ、サービスをねがった。ものごとがとんとん拍子にうまくいったときには、神さまと手がらをわけあう心がまえがあった。

エホバは、仲のいい友だちでもあり、まもりの神でもあった。しかし、ときおり発作的に、わけのわからぬむかっ腹をたてるので、この初老のエホバには、ハリスおばさんは、ちょっと用心もしていなければならなかった。

その朝、なにかすばらしいことがありそうな感じで目をさましたとき、ハリスおばさんは、ドレスを手に入れたい願いは、お告げにしたがって行動すればかなえられるという確信をいだいた。しかも、その願望の達成する日は、きわめて近いことを感じとった。

ハリスおばさんは、その一日、働きながら、受け入れ態勢をととのえた。つまり、お告げがどんな形で来ても、うけとめられるように、あらかじめ心の波長を合わせておいたのだった。

ハリスおばさんは、ミス　パミラ・ペンローズのアパートに行って、ひとりやっきになって自分を売り出そうとしている女優のたまごが、例によって散らかしほうだいにしていったあとをかたづけながら、ふと、床の上にほうりだしてあるイヴニングスタンダード紙に目をとめた。

それをながめていると、今夜、ホワイトシティでドッグレースがもよおされるという数行の記事が、色黒々と目にとびこんできた。（これだ！　まさしくお告げはあった）ハリスおばさんは、そのように感得した。あとはもう、しかるべきイヌをえらび、しかるべく金を賭け、しかるべく賞金をかせぎ、パリへ出立しさえしたらいい。

ハリスおばさんも、バターフィルドおばさんも、ホワイトシティのスポーツとショーの楽園である野外競技場ははじめてではなかった。しかしその晩は、ほかの晩とようすがちがって見えた。

ふだんなら、ふたりの心をうばってしまう、さまざまな大道具小道具——まばゆい電光にかこまれた楕円《だえん》形の競技場、機械じかけのウサギが疾走していって、それにつれてわきおこるわめき声、ウサギのあとに一すじの脈うつリボンのようにたなびくイヌの群れ、賭けで頭にきている連中のひしめく人波、ぎっしりつまった場内——これらはどれも、ハリスおばさんの目的を達するための道具だてでしかなかった。

バターフィルドおばさんでさえも、だんだんとのぼせていって、ハリスおばさんのうしろについて、よちよちと、芝生からスタンドへ、スタンドから芝生へと、抗議もしないで行ったり来たりした。ふたりは、夢中になったあまり、屋台でお茶ばかりのんで、ソーセージをつまむことをわすれた。ふたりは、たいへんいそがしかった。

ふたりは、レースのプログラムを見て勝負のヒントをつかもうとしたり、足の長い、やせた、筋肉質の出場犬をためつすがめつ観察したり、聞き耳をたてて、情報のきれっぱしをかじりあつめた。

そして結局は、これから述べるいちばん最後の手段にたよって、決着をつけたのである。——ともかくも、いずれにころんでも、きもをつぶす一大事になることは、まちがいなかった。

ハリスおばさんは、第四レースの出場犬がお目見えしてならんでいる芝生の人ごみにもまれているうちに、そばにいたふたりのはでな身なりの紳士のおしゃべりに聞き耳を立てた。一方の紳士は、プログラムを見ながら、しきりに小指で耳をほじっていた。

「オート・クチュール、こいつがくるね」

もう一方の紳士は、鼻のあなのそうじをしていたが、こすっからい目でイヌをながめまわして、

「六番だな。ところで、その『オート・クチュール』てのは、なんのことだろうかね」

はじめの紳士は、いかにももの知りのように、

「フランスのめすイヌだよ。持ち主はマルセル・デュヴァル。『オート・クチュール』てえのは、たぶん、ドレスつくりがつかうことばじゃないかな」

ハリスおばさんとバターフィルドおばさんは、たがいに顔を見合わせた。背すじにさっと、つめたいものが走るのを感じた。（文句なし！　これにきめた！）

プログラムを見ると、「オート・クチュール」という名の出場犬は、たしかにあった。イヌの持ち主のことも、過去の記録ものっていた。掲示板を見ると、賭けの率は一対五。そのイヌが一等にはいってくれたら、賭《か》け金は五倍になってもどる。

「さあ、行こうよ」

ハリスおばさんはさけんで、レース券売り場をめざした。ハリスおばさんは、大型商船を誘導するポンポン蒸気よろしく、人波をかきわけかきわけ、息せききって、買う人の行列にくっついた。

「あんた、あのイヌにいくら賭けるつもり？　五ポンド？」

はあはあえぎながら、バターフィルドおばさんがたずねた。

「五ポンドだって？　勘にくるいはないよ。五十ポンドはりこまなきゃ」

と、ハリスおばさんはいった。

バターフィルドおばさんは、この金額にあやうく気を失いそうになった。彼女のあごのあたりは、血の気がすっかりなくなってしまった。三重にたるんでいるあごはまっさおで、感無量のわななきをしめしながら、

「五十ポンド！」

とささやきかえした。こんなとほうもないふるまいを、人に知られたくなかったのである。

「五十ポンドもねえ！」

「一対五だから、これで二百五十ポンドできますよ」

ハリスおばさんは、おちつきはらって断言した。

バターフィルドおばさんは、得意の悲観主義を、またぞろくりひろげはじめた。

「だけどさ、万が一、このイヌが負けたらどうするんだね」

「負けっこないよ。ほかに、どのイヌが勝つというのさ」

ハリスおばさんは、すこしもさわがなかった。

ふたりはようやく、売り場の窓口にたどりついた。バターフィルドおばさんの目は、

いまにも、ぷくぷくした顔からとび出しそうな気配だったが、ハリスおばさんはおかまいなしに、くたびれた茶色の財布からお札のたばをつまみだした。

「六番のオート・クチュールを五十ポンド」

売り場の係員は機械的に、

「六番のオート・クチュールを五十ポンド」

とくりかえしたが、その金額に気づいて、おどろいて、金網ごしに身をかがめ、この高額の賭け主の顔をのぞきこんだ。そして、ハリスおばさんのきらきら光る青いビーズ玉のような目を見て、小がらなそうじおばさんだとわかり、

「たまげたねえ！」と、大声をあげた。しかしすぐに、

「奥さん、ご幸運を」

といいなおして、券をわたした。

ハリスおばさんの手はすこしもふるえていなかったのに、それを見つめているバターフィルドおばさんの目つきは、まるで自分にかみついてきそうなヘビを見ているようなあんばいだった。

ふたりは、約束された奇跡がどのように実現されるかを見とどけようと、走路のそばの見物席へ行った。

その後、ふたりの目撃した悲劇は、まことにあっけなく終わりとなった。

オート・クチュールは、第一周めはトップで好調、サラブレッドのグレーハウンドら

しく、力をおさえて走っていた。あくせくせず、良家の淑女のように品がよかった。ところが、最後の曲がりかどのあたりで、どうにもならないかゆさにおそわれたらしく、競技場の中央まで走っていって、やれやれとばかりにすわりこむと、心ゆくまでかきはじめた。

そして、かきおえたときには、レースは終わり――ハリスおばさんのレースも終わっていた。

このできごとは、ハリスおばさんが、ひたいに汗し、つめに火をともしてためた、血のにじむ五十ポンドをふいにしたばかりではなく、彼女をすっかりしょげこませてしまった。その後数日間というもの、ハリスおばさんは気がぬけ、ふさぎこみ、ただ、もくもくと働いた。

巡査と大統領をこねまぜた神さまは、しめし現したもうた。しかもおばさんの心の中の一番の上座に陣どっているエホバは、彼女に対しておかんむりだった。彼女はあきらかに、神さまのご託宣をかんちがいしてうけとったらしい。あるいは、彼女が五十ポンドもの大冒険をくわだてたことが、エホバのかんにさわったのかもしれない。神さまは、これにはがまんがならなかったのだろう。神さまは天上の蚤《のみ》となられて、ちくりと彼女に罰をあたえたのだ。

ということは、彼女がドレスを手に入れることをおゆるしにならない気なのだろうか。彼女の望みは、あまりにもばかげた、身にそぐわないものだからと、神さまは不賛成の意をしめすために、このような方法をとられたのだろうか。

ハリスおばさんは、この新たな問題に心をなやませながら仕事をつづけていたが、気がめいって、ろくろく身がはいらなかった。彼女には、ご意見番が、彼女がまだドレスに執着していることに、まっこうから反対なさっているように見えた。

ハリスおばさんは、いざとなれば、神さまにだってつっかかっていく人種ではあったが、人間が神さまに勝てるとも思っていなかった。神は全能であり、その決断はゆるぬものなのである。だからといって、ハリスおばさんは神がきらいにはまだならず、信じることをやめてしまうつもりもなかった。

ところが、つぎの週のある日の夕がたのことである。ハリスおばさんが仕事の帰り道、頭をたれて歩いていると、みぞの中でなにかきらきらかがやいているものを発見した。ガラスのかけらが、街燈《がいとう》の燈《ひ》で光っているらしかった。彼女はしゃがみこんだ。それはガラスのかけらどころか、ダイヤモンドのついたブローチだった。プラチナの台についているダイヤはかなり大きいし、たいへんな値打ちものだった。

ハリスおばさんは、このときは、お告げもお示しもひきあいに出さなかった。このダイヤモンドが、自分がほしくてたまらないドレスの十倍もの価値がありそうだということも、べつだん考えなかった。そこが、いかにもハリスおばさんらしいところだった。

ハリスおばさんは、ためらうことなく、さっさと近くの交番へ行ってとどけ、落ちていた場所を説明し、自分の住所氏名を書いた。一週間もたたないうちに、その交番からよびだしが来た。ハリスおばさんは、感謝しているブローチの落とし主から、謝礼金を二十五ポンドもらった。

　これでもって、ハリスおばさんの心の中に暗くわだかまっていた憂鬱《ゆううつ》はけしとんだ。厳格な神さまが、やおら、かつらをぬいで、これを逆にサンタクロースのひげとしてつけ替えたのだ。ハリスおばさんは、自分の身のまわりにおこった現象も、神さまの意図も、これを解いてことばにすることができる。つまり神さまは、「もうおこってなんかいないよ」と知らせるために、彼女がなくした金の半分をかえしてくれた。そして、「まじめに働きなさい。こつこつやっていたら、ドレスは買えるだろうよ」と教えてくれたのだ。

　だからもう、彼女は二度と賭けはやらない。なくした二十五ポンドがいい見せしめになっている。いる金は、汗をながして働き、つつましく日を送ることによって、たまっていく。ハリスおばさんは、うれしさでいっぱいだったから、それくらいのことは喜んでしんぼうする覚悟だった。

第五章

待てば海路の日よりあり、という。せっかちに、あたふたいらだたなくても、そのうちに、どこかで道は自然に開けてくるものだ。ハリスおばさんは、無理をすると、どこかでしっぺいがえしがくる、ということをさとった。

この小がらな通いの家政婦さんは、自分の計画に関係のある、二つのことを知った。その一つは、イギリスから国外へは十ポンド以上の通貨をもち出してはいけない、という規則があることだった。だからフランスの商店での買い物は、高い額のものになると、ポンド貨ではなく、ほかの国の通貨で支払うのだそうな。だからといって、ハリスおばさんは、四百五十ポンドもの大金を、闇でほかの国の通貨に替えることは気がすすまないし、そんなことをするつもりはなかった。

ところで、ハリスおばさんの、自分のおこないについての考えは厳格で、同時に、実用むきだった。ハリスおばさんは、作り話はしても、うそはつかないのである。法律をやぶりはしないが、やぶれないようにかげんして、おっぺしょったり、ゆがめたりすることは、かくべついやではなかった。ハリスおばさんは、きちょうめんすぎるくらい正直ものだったが、同時に、それほど融通のきかない石頭でもまぬけでもないと自分で思っていた。

パリへ多額のポンド貨を持ち出すことが禁止されていて、また、ポンド貨では役にたたないとわかったので、ハリスおばさんには、ほかの国の通貨が必要になった。そこで、アメリカのドルを思いついた。

そうなってくると、ハリスおばさんは、シュライバー夫人よりほかに、役にたってくれそうな人を知っていない。シュライバー夫人は、愛想がよくて親切だが、頭の回転はあまりよいとはいえない。ハリスおばさんは、アメリカ人のこの奥さんにたのみこむことにした。

ハリスおばさんは、アメリカに住んでいる甥《おい》をでっちあげた。この甥は、からだが弱いたちで、少々どんくさいところがあり、自分だけでは生活していけない。血は水よりも濃いというし、たったひとりの甥であれば、ふびんもかかり、自分が金を送ってやらなければならないのだ、ということにした。

この甥にはアルバートというでたらめの名をつけて、チャタヌーガ市に住んでいることにした。この地名は、エクスプレス紙のアメリカ消息からひろいだした。ハリスおばさんは、おりにふれて、このかわいそうな甥についての長話を、シュライバー夫人にふきこんだ。

「あの子は気だてはいいんですよ。わたしのなくなった姉の子なんでね。でも、ちょいと心配で……」

シュライバー夫人は、めんどうなイギリスの通貨の規則のことなど、ろくに知っていなかったので、ハリスおばさんのような好人物を助けてやってわるいわけはないと思った。それに、シュライバー夫人は金持ちで、ドルはありあまるほどはいってきていたし、いつでも望みどおりに、どんな金額だって自由になった。

ハリスおばさんが長い間かかってためこんだポンド貨は、毎週毎週、アメリカのドルにかわっていった。シュライバー夫人は、お給金もチップもドルでくれた。ハリスおばさんは、この点もちゃっかりしていた。

ゆっくりと二年の歳月がすぎていくうちに、五ドル、十ドル、二十ドルの札たばは、しだいにふえていき、とうとう一月のある朝、自分のためたお金を勘定したハリスおばさんは、はるかなる夢が現実となる日も、あまり遠くないことを知った。

ハリスおばさんは、イギリスを旅だつには、政府発行の旅券とやらが必要であることも知っていた。そこで、そのような書類をもらうためには、どこへ行ってどんなふうに手続きをしたらいいか、方法や手続きの場所のことをウォレス少佐に相談した。

「外国へ行くのかね」

少佐は、おどろいて聞きかえした。いささか当惑したのである。なにしろ、少佐の生活が快適に進行しているのは、ハリスおばさんのサービスがあればこそなのだ。

ハリスおばさんは、くすくすわらった。

「わたしがどこへ行くと思いなさいますかね」

ハリスおばさんは、またたくまに、別の身内をつくりあげた。

「姪《めい》なんですよ。ドイツへ行って結婚するんです。ドイツに駐留している軍人さんにいい人がいるんですとさ」

これは、ハリスおばさんの作り話であって、ハリスおばさんの区分法によると、うそではなかった。作り話では、だれもめいわくを受けはしないが、うそはたくらみであって、自分の身を救うとか、不当な利益をものにするとかの手段なのだ。うそだけはいわないほうがいい。そうしないと、不正直というスタンプがおされてしまう。ハリスおばさんは、だから、うそはいわない。

このようにして、パリへの出発準備をおこたりなくやっているうちに、わすれることのできない日が来た。ある日、役所の旅券課から手紙がとどいた。いかめしい申請用紙にきめられた必要なことがらをたくさん書きこみ、申請者の「縦横五センチの写真四枚」をそえて提出せよ、という通知だった。

ハリスおばさんは、すっかりうわずってしまい、バターフィルドおばさんにうちあけた。

「あんた、わたしゃ写真をとらなくちゃならないんだよ。旅券には写真がいるらしいよ。あんたはどう思うか知らないけど、いっしょに来て、わたしの手をにぎっておくれね」

ハリスおばさんが写真のレンズの前に身をさらしたのは、たった一ぺんこっきりで、夫のハリス氏との結婚式のときだった。そのときには、鉛管《えんかん》工のがっしりした新郎のたくましい腕が、この恐怖に満ちた経験をつとめる間、しっかりと彼女をささえてくれていた。

いま、その写真は、花もようの額縁におさまって、ハリスおばさんの小さな住まいのテーブルの上に置いてあった。そこにうつっている三十年前のハリスおばさんは、わかくて魅力にあふれた、小がらな、やせぎすな娘で、髪は当時の流行で短く刈っており、中国の五重の塔のような、何段にもなっている白いモスリンのウエディングドレスを着ていた。そのちょっと気どったポーズの中には、後年、彼女がやもめになってから遺憾なく発揮された勇気と、独立独歩の精神の片鱗《へんりん》が、まざまざとうかがわれた。花嫁の顔には、彼女がすばらしい夫をかち得た、ほこらしげな表情がうかんでいた。

そのかたわらには、ずんぐりしたからだつきの、ちょっとハンサムな、感じのいいハリス氏が、髪をたんねんにぴったりとなでつけて、黒っぽい服を着てしゃちほこばっていた。新郎は、これから所帯を持って新生活にはいるという興奮で、こわばった表情をしていた。これより後に、ハリスおばさんの写真をとったものはなく、ハリスおばさんも、写真のことは考えてみたこともなかった。

「写真てものは、ずいぶん高いだろうね」

とかく、憂鬱《ゆううつ》なことにはよく気のつくバターフィルドおばさんがいった。

「六枚一組で十シリングだってよ。ちゃんと新聞の広告で見ておいたのさ。もしほしかったら、あまったのを一枚あげようか」

「そりゃすまないね」

バターフィルドおばさんは、もらったつもりになってお礼をいった。

「あっ、そうだ！」

ハリスおばさんは、新たな難問題にぶちあたった。

「わすれてましたよ。写真をとるんなら、わたしゃ、新しい帽子を買わなくちゃなんないねえ」

これを聞いて、バターフィルドおばさんの三重あごのうちの二つが、ぴくぴくけいれんした。

「ああ、そうだったわねえ。またまた、ものいりなことになったねえ」

ハリスおばさんは、事実を冷静にうけとめて、帽子を買おうとあっさりきめた。ちょっとたのしい気がしたのである。帽子を買うなんて、まったく、何年ぶりのことだろう。

「しようがないものねえ。どっちみち買わなくちゃならないんだから。十シリングぐらいはするだろうけどさ」

土曜日の午後、ふたりは二つの用件――帽子購入と写真撮影――をはたすために、キングスロードへ出かけた。もちろん、帽子のほうが先だった。ハリスおばさんは、ショーウインドウにある帽子をひと目見たとたんに、すっかり気に入ったのだが、断乎《だんこ》として、それには目をくれないことにした。一ギニーの正札《しょうふだ》がくっついていたからだ。そのまわりの帽子は、高くても十シリング、せいぜい六、七シリングというところだった。

もしもハリスおばさんが、生粋のロンドンの通いの家政婦でなかったら、そんな帽子に目をつけて、一ギニーもはりこみはしなかったろう。ハリスおばさんは、一ギニーの帽子が、自分の職業にふさわしいデザインだと思った。平べったい水兵帽に似ている緑色の麦わら帽子で、風変わりな点は、前のほうに、短いしなやかな茎のある、ピンク色のバラの花かざりがついていることだった。

花の好きなハリスおばさんは、そのピンクのバラに、いっぺんにまいってしまった。ふたりは店にはいって、ハリスおばさんは正札とにらみあわせて、おとなしく、自分にふさわしい値段の帽子を、いくつか頭にのせてみた。けれど、彼女の心と目は、たえずショーウインドウの例の帽子のほうへさまよい出ていき、とうとう、がまんができなくなって、

「あれを見せてちょうだいよ」

とたのんだ。バターフィルドおばさんは、正札の威厳にたじたじとなった。

「へえ！　一ギニーだって！　お金をすてるようなもんだねえ。あんた、あんなに長いこと、つましくやってきたのにさ」

しかし、ハリスおばさんは、その帽子をかぶったとたんに、ほしいものには勝てないという見こみをつけた。

「一ギニーだからって、どうってことはないわよ。出発を一週間のばせばいいんだからね」

ハリスおばさんは、きっぱりといった。

写真というものは永久にのこるものであるし、それに、旅券の中にはいっていて、しょっちゅう持ってまわるものであり、友だちも見るだろうし、バターフィルドおばさんの食器だなの上に、小さな額縁におさまってかざられるとなると、やはり、いい帽子をかぶらなければならない。それには、この帽子が最適である。ハリスおばさんは、こう決断した。

「これをもらいますよ」

ハリスおばさんは女店員にいって、二十一シリング、つまり一ギニーをはらった。そして満足そうに、買った帽子をかぶって店を出た。たった一枚のドレスに四百五十ポンドをはりこもうとしている人物が、一ギニーにびくびくしてもはじまらないではないか。

旅券用写真屋は、こんではいなかった。ハリスおばさんはすぐに、ひややかなカメラの前に立たされた。写真屋はねこ背になって、黒い布の中で彼女のポーズにねらいを合わせていたが、やがて、ぎらぎらする、まぶしい照明燈《とう》をつけた。ハリスおばさんのすばしこそうなちゃめっけのある小さな顔の、長年の苦労のしわの一本一本が、くっきりと照らしだされた。写真屋がいった。

「では奥さま、すみませんが、ちょっとその帽子をおぬぎになって……」

「なんで、そんなこと。わたしは、これをかぶって写真をとるために、わざわざ、帽子をはりこんだんですよ、そうじゃなかったら、なにも、あんた……」

ハリスおばさんは、うろたえて拒絶した。

「奥さま、おきのどくですが、それだと旅券規則に違反しますんで。旅券課では、帽子をかぶった写真は、ぜったいにうけつけないのでございましてね。もしなんなら、このあとで、帽子をおかぶりになってる写真を、とくべつに一ダース二ギニーで写してさしあげてもよろしゅうございます。はい」

ハリスおばさんは写真屋に、

「二ギニーのとくべつ撮影なんぞ、いったいなんになるんだい」

と、悪態をあびせたが、バターフィルドおばさんが彼女をなだめた。

「あんた、まあ、いいじゃないのさ。どっちみち、パリへ行くときには、これをかぶっていくんだもん。いまのはやりにぴったりだからね、この帽子は」

それから四ヵ月後、五月のもやの深い朝、指折りかぞえると、ハリスおばさんがディオールのドレスを買う決心をした日から二年六ヵ月と三週間たった後、ハリスおばさんは、ピンク色のバラの花がゆれる緑色の帽子をかぶって、大きなからだをした案じ顔のバターフィルドおばさんに見送られて、空港行きのバスに乗りこんだ。

ハリスおばさんは、長いことかかってこつこつためた、ドレスのための全財産のほかに、旅券と、パリまでの往復切符と、晩の飛行機で帰ってくるまで、たっぷりまにあうだけの小づかいを持っていた。

ハリスおばさんの計画では、ドレスをえらんで買い入れる用件はいわずもがな、昼食をパリですませ、ちょっと見物をして、夜の飛行機でもどることになっていた。

お得意先の各家庭は、ハリスおばさんが一日だけ仕事を休んで、かわりにバターフィルドおばさんがそのうめあわせをするという、めったにない予告を受けて、それぞれの人がらや状況に応じて、いろんな反応をしめした。

いちばんうろたえたのは、ひとりもののウォレス少佐だった。彼は、ハリスおばさんがいないと、タオルがどこにあるかとか、くつ下がかたっぽ紛失して見つからないとか、なにひとつ、自分ではろくにできないのである。

それでも、この予告にぶうぶういって大さわぎをして、ハリスおばさんにくってかかったのは、ミス　パミラ・ペンローズただひとりだった。

「あんた、ひどいじゃない。そんなかってをされちゃこまるわ。聞く耳なんか持ってないわよ。だって、お給金をはらってるでしょ。あしたは、あたしのだいじなプロデューサーがここに一杯やりに来ることになってるのよ。

あんたたち日やといさんなんて、似たりよったりね。他人のつごうは考えないで、自分のことばっかりじゃない。あたしだって、あんたにわるくはしてないつもりよ。だから、もうちょっと考えてくれてもいいんじゃないかしら」

ハリスおばさんは、一瞬、かわいがっているこの女優さんに、仕事を休む申しわけとして、自分がどこへなにをしに行くのかうちあけたい気持ちにかられた——が、やはり、がまんすることにした。

自分とディオールのドレスとの間の恋愛ざたは、どこまでもないしょにしておこう。そこでハリスおばさんは、なだめ顔をしていった。

「ねえ、ペンローズさん、なにも、かんしゃくをおたてになることはないですよ。お部屋のほうは、わたしの友だちのバターフィルドさんが、きれいにそうじしてくれますからね。そのプロデューサーさんには、わたしがそうじをしようと、バターフィルドさんがそうじをしようと、関係ないんですよ。

そのプロデューサーさんが、あんたによい仕事をくださるといいんですがね」

ハリスおばさんは明るく話をむすんで、すねてふくれているミス ペンローズをのこして出立した。

第六章

タクシーが、キーッとブレーキの音をきしませ、どうやら目的地らしい場所にとまったとき、ハリスおばさんの頭から、その女優についてのもろもろの思いや、また、過去のあれやこれやの思い出のすべても、吹きとんでしまった。

クリスチャン・ディオールの本拠である、大きな灰色の建物は、シャンゼリゼー街の円形広場から折れているモンテーニュ通りの広々とした一画全部を占めていた。入り口は二つあった。一つの入り口は通りからいくぶんはなれたところにあって、安いのは五ドルから、高いのは何千ドルもする小間物や装身具を売っている店へつづいていた。もう一つの入り口は、うんととりすましていて、近よりにくい感じだった。

運転手はハリスおばさんを、第二の入り口、つまり、れっきとした大金持ちのお得意さま専用の入り口の前におろした。運転手は、(このおばさんは、イギリスの伯爵夫人か貴婦人だろう)と思いこんでいた。そして、航空会社の係員におどされているので、チップは五十フラン以上せしめたいところをこらえ、料金もメーターに出ている分だけを請求した。最後に彼は、お愛想に一つおぼえの英語をほがらかにどなった。

「コンニチワ」

タクシーは、ハリスおばさんを歩道にのこして走り去った。そしてここは、まさしく、この三年間というもの、ハリスおばさんのあこがれと夢と大望の結集された場所だったのである。

だが、黄かっ色のあや織りのコートに身をくるんだハリスおばさんの、うすべったい胸の中には、奇妙な不安がわきあがっていた。建物の構えが、ぜんぜん店らしくないからだ。ロンドンのオックスフォード通りのセルフリッジズや、ロンドン一のハロッズや、マークス・アンド・スペンサーなどの店、それから、いつも買い物をしているS・J・クラインの店とは、どだい、ようすがちがっていた。

ハリスおばさんの知っている店だと、どれにもショーウインドウがあって、真珠のようにほほえんでいるピンク色のほおのマネキン人形が、既製の流行服を着て、しゃれたポーズで両手をさしのべている。

ところが、この建物には、そういう店らしいところはなかった。どの窓にも、かざりひだのついた灰色のカーテンがおりていて、それと、鉄の飾り格子のはまったとびらがあるだけだった。

たしかに、入り口のアーチの上のかなめ石には、「クリスチャン・ディオール」という文字がきざみこんではあるものの、ほかに、ここがディオールの店だということをしめすものは、なにひとつなかった。

ハリスおばさんがパリのドレスに思いこがれ、どうしようもないほどほしくなって、その女心のせつないあこがれがいままさに成就、というあまいかおりがにおってきたのに、さて、この一瞬の当惑。これは一生わすれることのできないものとして、くっきりと心にのこるにちがいない。

ハリスおばさんは、たったひとりで見知らぬ異国の街の歩道に立ち、見知らぬ通りと異国の群衆のざわめきの中にいて、店らしくもない、ひっそりとしたお屋敷風の大きな灰色の建物とひとりむかいあった。そして、にわかにおじけづき、心細くなり、ハンドバッグの中に緑色の分厚いドルの札たばをうならせているにもかかわらず、

（こんなところに来るんじゃなかった）

と、くやみかけてさえいたのだった。

（航空会社の係員のあの若い人を、いっしょにひっぱってきたらよかったんだ。あのタクシーの運転手にしたって、わたしをこんなところに置きざりにしていってしまうなんて……）

ところが、おりもおり、イギリス大使館の車が、ハリスおばさんの目の前を通っていった。そのどろよけの上に、彼女の母国のユニオンジャックの小旗がはためいていた。それを見たとたんに、ハリスおばさんは口をひきしめ、まなじりをあげて一大決心をした。自分がどういう人物で、なんのためにここに来たのかを自分に思いおこさせ、ハリスおばさんは、ガソリンのにおいのまじったパリのさわやかな空気を深くすいこんでから、しっかりした足どりで、ドアをおしあけて中へはいった。

中へはいったとたん、ぐっと鼻をついてせまった、強烈で、かつ高雅なかおりに、ハ

リスおばさんは、思わずたじたじとなって、後じさりしかけた。それはレディ ダントの衣装戸だなをあけたときに流れ出てくるあのにおいであり、午後四時から六時までの間をそうじに行っている、ウィンチェスカ伯爵夫人の毛皮やドレスにしみついているにおいであり、通りで豪華な自家用車のドアをあけたところに行きあたったときただよってくる、あのにおいであった。

香水と毛皮と、サテンのドレスと絹となめし革と、宝石とおしろいが一つになって、かもしだすにおいだった。そのかおりは豪勢な灰色のじゅうたんや壁かけから立ちのぼって、ハリスおばさんの正面にでんとひかえている大階段に、むんむんとたちこめているようだった。

まさに、富裕な世界だけが持っているにおいだった。そのにおいは、ハリスおばさんをまたもやふるえあがらせた。

(エイダ・アリス、おまえはいったい、こんなところで、なにをしているんだい。フォード・フォークス夫人の家で、昼食の皿をあらってたほうがよかったんじゃなかったのかい。それともさ、おまえさんはパミラ・ペンローズをひいきにして、一人まえの女優にしてやりたいんだろ。そんなら、プロデューサーの友だちがやって来るんだから、部屋をきれいに整頓《せいとん》してやってたほうが、お似合いじゃなかったのかい)

ハリスおばさんは、くるぶしのあたりまでうずまるほど厚ぼったいじゅうたんの上に立って、ためらった。やおら、彼女は、指をそっとハンドバッグの中にさし入れて、アメリカの札たばのなめらかな手ざわりをたしかめた。

（そうだよ、エイダ・アリス、おまえさんは、これを使うためにここに来たんだろ。おまえだって、ほかのお客さんにおとらぬ金持ちなんだよ。さあ、さっさとけりをつけておしまい）

ハリスおばさんは自分にそういい聞かせて、だれもいない階段をのぼっていった。まだ朝の十一時半だった。階段のはじめの踊り場には、壁にはめこんであるガラスケースの中に、銀の上靴が一足だけかざってあった。つぎの踊り場には、同じようなケースの中に、特大のディオールの香水が一びんかざってあった。

ほかに商品らしいものはどこにも陳列してなかった。ハリスおばさんの行きつけの、ロンドンのマークス・アンド・スペンサーや、セルフリッジズの店の階段なら、人がこみあいながら、のぼりおりしているはずだった。

ディオールの店は、ハリスおばさんが日ごろしたしんでいる店とは、まったくようすがちがっていた。むしろ、この人気のない階段の優雅な雰囲気は、個人の大邸宅のようで、荘重な雰囲気をただよわせていた。

（わたしゃ、まちがったんじゃないかしら）

ハリスおばさんは、またも、あやうく力がぬけてしまいそうになったが、気をとりなおした。

（そのうち、だれかに行きあったら、衣装売り場に案内してくれるだろうし、まちがっ

た場所にはいりこんでしまってるのなら、教えてもらえるだろうよ）

ハリスおばさんは、なおもおずおずとすすんでいった。すると、思ったとおり、二階の階段をあがりきったところで、机にむかって書き物をしている、髪の黒い、四十そこそこのきれいな婦人に出会った。

その婦人は、なんのへんてつもない黒いスーツを無造作に着ていたが、首すじから胸もとにかけての三重の真珠のネックレスが、すっきりとマッチしていた。形よくゆいあげられた髪は、つややかだった。

スタイルは洗練されていたし、肌も美しかったが、近よってよく見たら、その婦人は、なにか心配ごとでもあるように、つかれた顔をしていて、目の下には黒いくまがあることがわかったにちがいない。

その婦人のうしろには、かなり大きな部屋があって、さらに、奥のもう一つの部屋につながっていた。奥の部屋は、階段と同じ灰色のじゅうたんがしいてあって、窓にはすばらしい絹のカーテンがさがっていた。くさび形につき出ている舞台のまわりに、灰色と金色にいろどられたいすが何列かならんでいた。家具はそれだけだった。

鏡ばりになっている柱が何本かあって、床から天井までの装飾を完璧《かんぺき》なものにしていた。しかし、商品や、それらしいものは、なにひとつ見あたらなかった。

ところで、ハリスおばさんの目の前にいる婦人――女支配人のマダム　コルベールは、この朝、ひどく機嫌がわるかった。ふだんは、親切でものやわらかなのだが、けさにかぎって、どうしたことか、いつもは好感をもっている、若くてハンサムな会計係主任のフォーベル君を、頭ごなしにやっつけたのである。フォーベル君は、耳のつけ根までまっかにして、階上の彼の持ち場へ退却せざるをえないはめにおちいった。

もとはといえば、なんでもないことだったのだ。あるお得意さんの支払いがのびのびになっているようだがと、ハンサムな会計係が聞きに来ただけだった。

お得意の客の責任はおそかれ早かれマダム　コルベールの上にふりかかってくるので、彼女はいつもなら、この若い会計係氏に、そのお得意の特徴と、支払いのくせと、信用のあるなしを、ユーモアまじりにしゃべって、先を見とおした助言をあたえる。だが、けさはちがった。

「ドレスを売るのはわたしの仕事で、あなたは、とっとと集金だけしてたらいいのよ。わたしは、お客さまの銀行預金をしらべているひまなんか、ありはしないわ。それはあなたのほうの仕事でしょ」

そんなふうに、フォーベル君をどなりつけたのだった。

それにくわえて、マダム　コルベールは、この朝、つっけんどんの返事ばかりしていて、また、五、六人の女店員をしかりつけ、付録として、この店のファッションモデル嬢中のスターというべきナターシャに、がみがみとけんつくをくらわせた。ナターシャが仮縫いに遅れてきたからだったが、そのじつ、地下鉄とバスがのろのろ運転のストライキ中だぐらいのことは、マダムはよく知っていたのだった。

ところが、よわったことに、この美しいナターシャは、マダムのするどいおしかりに対して、はなはだ人気スターらしくない反応をしめした。つまり、ナターシャは、弁解も口答えもしないで、ただ、目に大つぶの涙をためて、それがほおをつたってこぼれたのだった。

そんな後味のよくないことにかさなって、マダム　コルベールは、午後にはじまるファッションショーの招待状と席のわりふりに、そそうがないか、気がかりになっていた。衣装部の主任としてのマダムは、この二階では重要で、かつ権威ある存在だった。ショーにまねく人とまねかない人をきめ、デザインのスパイを見やぶり、やじ馬をよりわけ、好ましくない客をしめ出すのは、マダム　コルベールの任務だった。一流レストランの給仕長なら、だれもが頭の心《しん》を痛くする、席の順番のあのやっかいきわまるわりふりも、マダムの役だった。まねかれてきた客の、その社会的な重要さ、身分・肩書き・札たばにしたがって、適当に座席をきめていくのである。

マダムはそれに、ファッションショーの司会者で、衣装をつけたモデル嬢が登場するごとに、さまざまの口上を述べなければならなかった。また、黒っぽい制服を着ている女子店員部隊の総指揮官だった。これらの兵士を正面階段に展開させ、兵士のひとりびとりを、こまかな点まで気をつかって、相手の客にふさわしい取組にする。

陽気でおしゃべりの女客には、快活で口から先に生まれた兵士を、年配で大物の客には、しとやかで礼儀正しい兵士を、アメリカ人のお客には、英語がぺらぺらで口の達者なむきを、ドイツ人の客には、おし出しのいい堂々たるかっぷくの店員を、というぐあいに組み合わせるのだった。

だから、このように、ひとりで何役もかねている重要人物が、気分がすぐれずにふさぎこんでいるときは、その影響のおよぶ範囲は、はなはだ大きかった。マダム コルベールは、現在、ある事態に直面してなやんでいたのである。それは、マダムが二十年連れそってきた最愛の夫ジュール氏についての一件だった。

ジュール氏は優秀で慎重で聡明《そうめい》な男で、その知識にかけては、外務省のレジオン・ドヌールの略綬《りゃくじゅ》を胸につけたり、また政治的なコネがあったりするお歴々が、たばになってもかなわないほどの偉才にはちがいなかった。けれど、ジュール氏には一つのこと——いや、二つのことといったほうがいいかもしれない——が欠けていた。ジュール氏は、あたら才能を持っていながら、それを他人にみとめさせる能力がなかったし、政治的な友人も、ひきたててくれる人も持っていなかった。

ジュール氏は、まずしい一少年から身をおこして、自分の才能と勤勉さだけをたよりに、現在の地位までこぎつけた。彼の才能にふさわしい昇進の道が前方に開かれるたびに、ジュール氏よりも能力はないが、ひきたててくれるうしろだてを持っている同僚に、先をこされてしまうのだった。そして新しく高い地位についたその男は、ジュール氏の能力を利用して、仕事を処理していく。

フランスの情勢の流れについてするどい理解をもっている賢夫人マダム コルベール

は、山積している外交上の難問題の解決には、夫の知能と直感がおおいに役だつと信じていたものの、昇進のチャンスはしばしばおとずれても、ジュール氏は、おいてけぼりをくらうばかりで、その持ちまえの気楽さと熱い意欲はしめ出しをくっていた。

マダム　コルベールは、去年あたりから、夫が心の中で前途に絶望しかけ、いや気さえおぼえはじめていることに気づいた。ジュール氏も五十になっていた。このまま外務省の平役人で終わってしまうらしいと、将来を暗く感じたのである。こうしてうずもれてしまうより方法はないのだろうか。マダム　コルベールは、愛する夫の変わりようを見るにつけて、胸が痛んだ。

ところが最近、外務省のある重要な部門の部長が、心臓の発作で急死した。この部長の後がまにだれがすわるか、さまざまな推測がみだれ飛んだ。ジュール・コルベールは、順位からいけば、当然後をつぐ人物と見なされていいひとりだった。しかし……。

マダム　コルベールは、若いときから楽天的だったはずの夫が、年をかさねるうちに、心ならずもよどみたまった無力感の沼から、なんとかぬけ出そうとしているのを察して、たまらなく悲しかった。

夫は、これまで彼の希望をうちくだきつづけてきた、腐敗した政界の裏の取引を相手にまわしていながらも、もしやという望みをいだいているのだ。こんどうっちゃりをくったら、夫は、老いこんだ、気力を失った人間になってしまうだろう。

マダム　コルベールの心には、このことがたえず重くのしかかっていた。マダムはこれまで、自分も働いて、夫の経済上の負担をいくらかでもかるくして、夫をたすけてきた。そしてマダム自身、超一流のドレス・メーキングの店の重要なポストにつくまでになった。

しかし、これだけではまだまだたりなかったのだ。ほかにやらなければならないことがあったと、いや、ある意味ではやりそこないをしたのだと、いまになってわかった。外交官や政治家の妻というものは、彼女自身も外交官であり、政治家でなければならなかったのだ。パーティーを開いて、おえらがたや実力者をまねき、夫の利益になるように、おべんちゃらをいい、策をめぐらし、必要とあらば、自分の体さえも提供しなければならなかったのだ。

それが、外交官の妻の助力なのだ。そして、いまこそ、そのようなかげの援助がものをいう、見のがせない時期だった。果実はすでにみのって、その重要な地位がだれかの手の中に落ちるばかりになっている。けれども、マダム コルベールには、それを夫の手の中に落とすようにしむける手だてがなかった。政界の実力者の中には、マダム コルベールや彼女の夫のために、一肌ぬいでやろうという人はいなかった。

夫を愛し、そのうちひしがれた姿を見るにしのびないマダム コルベールは、これらのことを考えると、気もくるいそうだった。しかし、この心痛からのがれることもできず、財産があるとか、名門の出であるとか、政治的な実力者とつながりがあるとか、そのような助けのあるだれかに、夫が、はいおどきめされいとやられて、追い越される、その醜いきまった筋書きをうちこわす手だてはなかった。夫の苦戦をひっくりかえしようもなかった。

マダム　コルベールは、夜も寝つかれずに、夫をたすける方法はないものかと、寝がえりばかりうった。そして床をはなれてからは、彼女の願いは、ますますはかないものに思われた。このなやみは、毎日の仕事の上にも影響して、しだいに、まわりの人々につんつんあたるようにもなってきた。そしてそのことに自分は気づかなかった。マダム　コルベールは、さめない悪夢にとりつかれているようなありさまだった。

いま、マダム　コルベールは、デスクについて、午後のファッションショーの来観者の席をきめようと、精神を集中させることにつとめていた。そして、ふと目をあげ、ぞっと身ぶるいした。

(幽霊のようなものが階段をあがってくるわ)

もしかしたら幻覚かもしれないと、てのひらで目をこすったが、幻覚ではなかった。正真正銘の人間で、それも女性だった。

マダム　コルベールの非凡な才能の一つに、お客と称してとびこんでくる人や、常連のお得意の質をぴたりと品定めする、まれな鑑識眼があった。マダムは、ひと目見ただけで、時間つぶしのひやかしの客か、第一級の客かを見やぶった。たとえ奇妙な風体の人でも、その表面を一瞥《いちべつ》しただけで、ふところぐあいまで見ぬいた。

だがさて、いま階段をあがってくる婦人のいでたちはというと、着古したみすぼらしいコートに、趣味のわるい色の手ぶくろ、お里が知れるくつをはいて、てらてら光るいやみな模造革のハンドバッグ、それに、人を小ばかにするように、ぶらぶらゆれるバラの花のついた、へんちくりんな帽子……。

マダム　コルベールは、心の中で、彼女が収集整理している人種分類表を、すばやくくりひろげた。そして、もしこの婦人が、身なりから推察されるとおりだとしたら、そうじのおばさんにちがいない、とふんだ（このとおり、マダム　コルベールの直感は、ふしぎにずばりときまるのである）。

それにしても、そうじのおばさんなら、裏口からやって来そうなものだった。そしてまた、店のそうじは夜の間にすますことになっていた。この婦人がごひいきすじであるはずはないし、ディオールの店に用のある人物とは受け取れなかった。

マダムは、その婦人が声をかけてくるのを待った。というのは、マダムは夫のジュール氏のことで頭がこんぐらかっていることを自覚しているし、日ごろの眼力がにぶっているかもしれないと気づかったからだった。待機の時間は長くはなかった。

その婦人はいった。

「ああ、そこにいなさるおかた、ドレス売り場はどっちでござんしょうね」

マダム　コルベールは、判断にくるいがなかったことをたしかめたようなものだった。このようなことばや発音が、ディオールの店の中で聞かれたことは、創立以来はじめての記念すべきことだったろう。

「ドレス？　なんのドレス？」

マダムは流暢《りゅうちょう》な英語で、つめたく聞きかえした。

「まあ、いやんなっちまうね。しっかりしてくださいよ、あんた。朝っぱらから、もたついちゃいやですよう。売り物のドレスはどこにつるしてあるんですね」

と、ハリスおばさんはさとすようにいった。

一瞬、マダム　コルベールは、（このへんてこな婦人は、階下の小さなほうの店をさがしているうちに、はぐれてまよいこんだのかもしれない）と考えた。

「ブテック（売店）のほうではありませんの」

すると、ハリスおばさんは聞き耳を立てて、

「ブ――なんだって？　わたしゃ、ブーティ（婦人ぐつの一種）のことなど聞いちゃいませんよ。ドレスですってば。わたしのほしいのは、いちばん高いドレスだってば。しっかりしてちょうだいよ。わたしゃ、はるばるロンドンからあんたんとこのドレスを買いに来たんで、ぐずぐずしちゃいられないんですよ」

やっとマダム　コルベールに、事情がはっきりした。いままでにもたびたび、おかどちがいの人物が、正面の大階段から堂々とあらわれて――この婦人のように、こうも真剣な大勝負をはじめた人はいなかったものの――手きびしくおもどりねがわなければならないことがあった。マダムは、自分のなやみごとで気がめいっていたので、ふだんよりももっとつっけんどんにあしらった。

「どうやらおかどちがいのようですね。わたしどもの店では、ドレスの陳列はいたしておりません。ごく内輪のおかただけに、毎日、午後に創作品をごらんねがっているのです。ドレスをお買いになりたいのでしたら、ラファイエットのギャレリーへおいでになったら、きっと……」

ハリスおばさんは、すっかりまごついてしまった。

「ギャレリーだって？　そんなのはまっぴらですよ。いったいここは、ディオールの店じゃないんですかい」

ハリスおばさんはこう聞いて、相手がまだ返事をしないうちに、あることに気がついた。ときたま、ファッション雑誌で、「ショー」ということばにぶつかる。その「ショー」というのは、日曜日に教会でおこなわれる礼拝献金のようなもので、慈善のもよおしかなにかと関係があるらしいとしか思っていなかった。しかしいま、ハリスおばさんは、例の機敏さで、この難局を切り開きにかかった。

「あれま、ほれ、わたしが見たいというのは、そのショーっていうもんかもしれないんですよ。見せてもらえませんかね」

マダム　コルベールはじりじりしてきた。自分のなやみごとが、神経をつっつきはじめた。

「おきのどくですが、きょうの午後のサロンはいっぱいでございます。今週は予約で満席で、あきはございません」

マダムは冷淡にいって、それから、この婦人を追いはらうために、いつものきまり文句を持ち出した。

「あなたさまのホテルを書いておいていただければ、ことによりましたら、来週のいつかに招待状をさしあげられるかもしれません」

もっともなことながら、ハリスおばさんはおこった。マダムのほうへ一歩つめよった。いきりたってどなるたびに、帽子の前についているピンクのバラの花が、はげしくふるえた。

「へえ、りっぱな口をおききだねえ。とすると、なにかい？　おまえさんは、わたしがはたきをかけたり、床をこすったり、きたない汚れ水の中ですっかり手をだめにしてためたお金をつかわせてあげるから、招待状をよこすというのかい。ことによると来週だって！

ふざけないでおくれ。わたしゃ、今晩はロンドンへ帰らなくちゃならないんだよ。いったい、あんたは、なんの寝言をいっているのかね」

帽子のバラの花が、マダム　コルベールの鼻の先三十センチのところで、おどすようにぴょこぴょこゆれた。

「よくお聞き。なんだい、デスクにかじりついてすましこんで、わたしがはらう金を持っていないと思ってなさるだろうが、とんだまちがいだよ――そうら、よくおがみな！」

ハリスおばさんは、模造革のハンドバッグをさかさにして大見得をきった。待ってましたとばかりに、札束をくくっていたゴムのバンドが切れて、緑色の五ドル、十ドル、二十ドルの紙幣が滝のようにふった。

「そうれ!」

ハリスおばさんのはりあげた声は、屋根のてっぺんをつきぬけたようだった。

「これでもまだ、なんくせをつけたいのかね。わたしのおたからは、ほかの人のとはちがうとでもおいいなのかい」

マダム コルベールは、あっけにとられて、このおどろくべき——そして、まったくのところ——すばらしい光景を見つめていたが、心の中で、

「なんとまあ、なんくせをつけるどころじゃないわ」

と口走って、先ほどの会計係の、アンドレ・フォーベル君とのけんかを思い出した。フォーベル君は、フランス通貨のねうちが落ちたことと、客の金ばらいのわるいことをこぼしたが、いまここに、まぎれもないドルでの現金ばらいのお客さまがいる。フォーベル君がこれを知ったらなんというだろうと、マダムは皮肉に考えた。しかも、デスクの上につまれたお札のたばは、まぎれもないほんものだった。

しかし、マダム コルベールは、この奇妙な客の風采《ふうさい》と態度にすっかり度肝をぬかれると同時に、わけがわからなくなった。

(床をこすって、皿あらいをして暮らしているそうだけれど、どうしてこんな大金を、

るんでしょう）

それもドルで手に入れたのでしょう。それになぜ、ディオールのドレスをほしがっているんでしょう）

いろいろかんぐってみると、なんとなくうさんくさくて、やっかいごとの種になりそうな気もする。つじつまが合わない。マダム コルベールは、（身分不相応の大金を持っている、このうさんくさいイギリスからの旅行者と、わざわざかかりあいにならなくても、わたしは自分だけのやっかいごとをしょいこんで、うめいているのだ）と思いなおした。デスクの上をおおっている緑色の紙幣の大海原にもめげず、マダムは動かない大岩のような態度をたもった。

「おきのどくですが、きょうの午後のサロンは満席でございます」

交渉が不成立に終わるきざしがいよいよはっきりしてくるにつれ、ハリスおばさんのくちびるは、わなわなふるえた。がらんどうの、このにくたらしい建物と、目の前の敵意に満ちた冷酷な目には、どう立ちむかったらいいものか想像もつかなかった。

（わたしを歓迎してないようだよ。それに、わたしのお金に目もくれない。わたしにディオールのドレスを買わせないで、ロンドンに追いかえそうとしてるんだよ）

ついに、ハリスおばさんは絶叫した。

「なんだよう！　あんたたちフランス人は、人情ってもんがないんだね！　へん、おまえさんは口だけはたっしゃだが、心は氷のようなお人だよ！　あんたは、泣きたいくらいに、なにかがほしいって思いつめたこたないのかい。なにかがほしくって、ほしくって、夜もねむれず、それが手にはいらなかったらどうしようと、心配でふるえながら、夜どおし起きていたようなことはないのかい」

ハリスおばさんのことばは、マダム コルベールの胸に、ナイフのようにぐさりとつきささった。マダムは、夜ごとにその思いをしているのである。夫のためになにかしてあげたいとねがって、ふるえながら、幾夜もねむれない夜をすごしてきた。つきさされた痛みに、マダムは思わず、かすかに声をあげた。

「どうしてそのことがわかったんですの。どうしてお当てになったんです」

マダム コルベールの、うちしずんだ黒い目が、ふいに、ハリスおばさんの小さな青い目にすいつけられた。その小さな青い目には、涙が光っていた。ひとりの女性が、あわれなもうひとりの女性とむかいあっていた。

マダム コルベールは、顔をそむけたかったが、やがて、どっと、同情といたわりの気持ちが心にふきあがってきた。

ぞっとするほどみにくいのは、むしろ、自分自身のつめたさと、思いやりのなさではないだろうか。一瞬のうちに、この小さな奇妙な婦人は、マダムの前に鏡となって、マダム自身のすがたを――自分をあまやかし、身にふりかかった困難にあえいでいるひとりの女の像を――うつし出してみせたような気がした。

マダム コルベールは、フォーベル君にとった態度を、後悔に身もだえしながら思い出し、はげしく自分を責めた。女店員やナターシャを意味もなくしかったことも思いうかべた。ナターシャは、ディオールの看板モデルであり、マダム コルベールのお気に入りの娘でさえあったのに。

けれど、なによりもぞっとしたのは、自分がいつのまにか、かたくなな心の、ぎすぎすした女となってしまって、人間の心の底からほとばしり出るさけびと、真実わすれてはならないものに、目も耳もとじてしまっていた、ということだった。

どんな道を歩んできて、どんな人生の航路をたどる人にせよ、いま、目の前にいる人物は、ひとりの女性なのだ。そして、女の願いをいだいていることに、なんの変わりがあろう。マダム コルベールの目から、まよいの雲が晴れていった。彼女は小声でいった。

「おばさん、あなたは、ディオールのドレスを買おうと思いつめていらしたのね」

ハリスおばさんは、相手が、同業者なかまで相当に羽振りのきくベテランの一員というわけではなかったのだが、白状しないわけにはいかなかった。

「あれ、そのとおりですよ。どうしてわかりなすったかね」

マダム コルベールは、皮肉にも自分がさっきいったのと同じことばであることにはかまわず、紙幣の山に目をやって、あきれたように首をふった。

「だけど、いったいどうして、こんな……」

「しぶちんやってためたんですよ。三年かかっちまった。だけど、あんた、なにかまずいことに出くわしたって、いつだって、道はちゃんとつくんだねえ。気にしちゃいけないもんですね。幸運をちょっぴりつかみとりゃいいんですよ。

わたしのいうことを信じてくださいよ。はじめ百ポンドをフットボールの賭《か》けで当てたとき、わたしゃ自分にいいましたね。『エイダ・アリスや。これこそ、なにかのお告げだよ』ってさ。そこで、いっしょけんめい、しぶちんやって、パリへ来たんですよ」

マダム　コルベールは、直感のひらめきで、この婦人のいう「しぶちん」とはどんなものか、見当がついた。そして、この小がらな婦人がやりぬいた勇気に賞賛の念がわきおこってきた。

おそらく、自分自身にこのような勇気とねばりがあるなら、なんの悪気もない無力な女店員たちに八つ当たりなどしていないで、最愛の夫のためになにかしてやることができたかもしれないのだ。彼女は、まゆにちょっと指をあててすばやく決断をくだした。

「おばさん、お名まえは？」

ハリスおばさんが名乗りをあげると、マダム　コルベールは、それを手早く銅版刷りの招待状に書きこんだ。それには、クリスチャン・ディオールの名で、「本日午後、わたくしの作品のショーにあなたのご臨席をお待ちいたします」という意味のことが印刷してあった。

「三時にもう一度、いらしてくださいね」

マダム　コルベールは、招待状をわたしながらいった。

「ほんとうはもう、あいた席はないのですけれど、おばさんがショーをごらんになれるように、階段のところに場所をつくっておきますわ」

ハリスおばさんは、あこがれの楽園への入場券をうっとりとながめているうちに、うらみも、あてこすりの声音も、すっかり消えてしまった。

「ご親切にありがとうさんでした。まだ、わたしには運がついているとみえますよ」

マダム　コルベールは、ふしぎな心のやすらぎをおぼえた。そして、ほほえみを顔にうかべていった。

「ひょっとして、あなたは、わたしにも幸運をもたらしてくださるかもしれませんわ」

第七章

その日の午後三時五分前、ほどなくその人生が奇妙なぐあいにからみあおうとしている三人の人間が、ディオールの店の正面の大階段のところで、たがいにひそひそ話ができるくらいの近くに居あわせていた。店内は、参観者、なじみのお客、女店員、報道関係者などで、ごったがえしていた。

この三人のうちのひとりは、若い会計係のアンドレ・フォーベル君だった。彼は、りっぱな体格で、金髪の好男子だった。ほおの傷あとは、アルジェリアでの名誉の負傷で、これで勲章をもらっていた。

フォーベル君はときどき、四階の帳簿にとりまかれた殺風景な事務所から、二階の香水と絹とサテンと女性のかもしだす、あたたかい雰囲気の中におりてくる用事ができた。

フォーベル君は、そういう用事はいやではなかった。

その用にかこつけて、あわよくば、モデル嬢の中のスターで、彼が女神とあがめている娘さんのすがたを、ちらりとでも見ることができるからだった。フォーベル君は、そのモデル嬢に死ぬほど恋いこがれていたが、しょせんは、はかない片想いというところだった。

パリのファッション関係の人たちの中で、マドモアゼル　ナターシャとして知られているその娘は、評判の美人で、魅力のある黒い髪、黒いひとみと、かれんな容姿の持ち主だった。いずれは映画女優か、あるいは財産も身分もある人の夫人となるにきまっているとささやかれて、きらびやかな将来が約束されているもののようだった。

フォーベル君は、中流階級の良家の出身で、現在の地位も給料もけっしてわるくはなかったし、貯金もいくらかはあったものの、彼の住む世界が、ナターシャというかがやかしい星からはるかにへだたっていることは、地球が大シリウス星座から遠くはなれているのと同じようなものらしかった。

この日、このとき、フォーベル君は運がよかった。衣装着つけ部屋の入り口に、ナターシャのすがたを見かけることができたからである。

ナターシャは、ショーのはじめに着て出場する、炎の色のウールのワンピースをつけていた。形よくセットした髪には、これも炎の色の帽子をのせていた。胸あきのところには、ダイヤモンドが一つぶ、雪片のようにきらめいていた。それから、黒テンの肩かけが、かたほうの肩から無造作にたれていた。

フォーベル君は、自分の心臓がうつのをやめて、二度と動きださないのではないかと思った。それほどナターシャは美しく、近づきがたい存在に思われたのだった。

マドモアゼル　ナターシャは、美しい、うれいをおびたようなまなざしで、フォーベル君のほうを見たものの、べつに気にとめて見たのではなかった。かわいらしいピンクの舌の先をちょっとのぞかせて、あくびをのみこんだ。ナターシャはこのごろ、やりきれないほど退屈していた。

すらりとした足と、きゅっとウエストのしまった黒い髪の美人——まるでギリシア神話に出てくるナイオビのようなモデル嬢のまわりには、ハエがむらがるように、パリじゅうの金持ちや有名人がわいわいとうるさかったが、ナターシャの素姓と人がらを知っているものは、このディオールの店にも、ほんのわずかしかいなかった。

ナターシャは、本名をスザンヌ・プチピエールといって、リヨン市の平凡な中流家庭に育った。

彼女はつくづく、いまのモデル稼業にうんざりしていた。はなやかな仕事のとばっちりで、映画関係者や、自動車業者・鉄鋼業者や、名士のお歴々のおともをおおせつかって、カクテルパーティー・晩餐会《ばんさんかい》・劇場・キャバレーなどを、しかたなく、来る日も来る日もついてまわっていた。そんなご連中は、パリ一のチャーミングな、写真の口絵でおなじみのモデル嬢といっしょにいるところを、人に見せびらかしたいのだった。ところが、ミス　プチピエールは、映画界のスターになる野心もなければ、広壮なお屋敷の女主人になりたいとも思わなかった。そんなことは、なにひとつのぞんでいなかった。

ミス　プチピエールのただ一つのあこがれは、自分の両親の家のような、質実な家庭の中にもどって、そんなにハンサムでも優秀なおつむの持ち主でもなくていいから、人がらのいい、実直な男性と愛しあって結婚し、平和な家庭の主婦におさまって、たくさんの子どもにかこまれることだった。そんな男性は、どこかにきっといる。

ミス プチピエールには、男というものはだれも彼もが、中身なしの、いやみな大ぼらふきや、それとも、自分がついていけないような超インテリばかりではないことはわかっていた。しかし、いまのところ、この人と思う男性は、彼女のまわりにはいそうになかった。現にこの瞬間でさえ、たくさんのあこがれのまなざしが、彼女にそそがれていたが、ミス プチピエールは、いっそう絶望とみじめな気持ちを味わうだけだった。

ところで、ミス プチピエールは、熱っぽく見つめているフォーベル君を、どこかで見かけたことがあるような気がしたが、どこの人だか、はっきり思い出せなかった。

ついに、ロンドンはバタシー区ウィリスガーデンズ五番地に住むハリスおばさんが到着した。そのときにはすでに、階段によりかかってショーの開幕を待っている人垣ができていた。ハリスおばさんは、その中をあたふたとかきわけて、かけあがっていった。そして、なるべく前方にせりだした。と、思いがけないことがおこった。マダム コルベールが、むかえに来たのである。

クリスチャン・ディオールの店のおなじみや、服飾界や報道関係者などのくろうとすじには、大階段のたまりは、「シベリア」とよばれていた。つまり、一流レストランの給仕長に、調理場の境の開きドアのそばの、ぱっとしない場所へ案内されるお客があるのと同じように、この大階段は、ショーに来てもらっても格別うれしくない、すこしまぬけなお人や、その他大勢の組や、三流記者を、島流しにしておく場所になっていた。

マダム コルベールは、シベリアにちょこんと立っている、安っぽい身なりをしたハリスおばさんにじっくりと目をそそいだ。そしてそこは、この勇気のある、女性の模範のような婦人にはふさわしくない場所だと気づいた。

このイギリスのおばさんは、女心をもっともよくあらわして、手のとどかない美しいドレスにあこがれ、そのドレスを買いたいばっかりに、くすんだまずしい暮らしをつづけ、ひたすらに夢を追いかけて、とうとうここにたどりついたのだ。そのひたむきな行動には、どんなにか勇気がいったことだろう。そうマダム コルベールは考えた。

とにかくハリスおばさんは、この日、ショーの開幕を待って、べちゃくちゃおしゃべりをかわしながらあつまっている人たちの中で、いちばんねうちのあるお客さまなのだ。

マダムは、ハリスおばさんにいった。

「ここはいけませんわ。階段でなく、こちらへいらっしゃい。中にあなたの席をおとりしておきましたよ」

そして、ハリスおばさんの手をとって、人ごみの中を通りぬけ、大サロンへ連れていった。サロンの席は、ほとんどふさがっていて、いすが二つあいているだけだった。マダム コルベールは、だれかおえらがたか、ごひいきの客が友だちでも連れてふいにあらわれたときの用意に、いつも席の予備を一つ二つとっておいた。

マダムは、ハリスおばさんを案内してサロンを横切り、前列のあいているいすにすわらせた。

「ここはよく見えましてよ。招待状はお持ちですね。はい、鉛筆です。モデルがはいってくると、入り口にいる係りの女の子が、ドレスの名と番号を読みあげます——英語でね。

あなたのいちばんお気にめしたものの番号をひかえておいてくださいね。では、また後で……」

ハリスおばさんは、灰色と金色の二色のいすに、ガタピシ遠慮のない音をたてて、気持ちよさそうに腰をおろした。そして、例のむさくるしいハンドバッグを、あいている左のいすの上においた。プログラムと鉛筆をすぐにつかえるように用意してから、満足そうにほほえんで、まわりの人々をゆっくりながめまわしはじめた。

ハリスおばさんは、サロンの人たちをいちいち品定めするつもりはなかったが、そこには全世界の上流社会の見本のような人々があつまっていた。あっちこっちに貴族たちがたむろしていた。イギリスの貴族の夫人、フランスの侯爵夫人や伯爵夫人、ドイツの男爵夫人、イタリアの貴族の令嬢。

それから、フランスの大工業会社の社長の、にわか成金の奥方、南アメリカの百万長者夫人、ニューヨーク・ロサンゼルス・ダラスのバイヤー、舞台女優・映画スター・劇作家・道楽紳士・外交官等々。

ハリスおばさんの右側の席には、老紳士がすわっていた。髪と口ひげが真っ白で、前方につき出した、ふさふさしたまゆ毛が鳥の羽のようで、顔の一画に堂々と位置していた。目の下は黒くなってたるんでいたが、まなこそのものは、人の心をつらぬくように青くするどく、張りのある毅然《きぜん》とした顔だった。髪はうしろになでつけられ、くつはぴかぴかにみがいてあった。白いふちどりをしたチョッキをつけ、黒の上着のえりには、ハリスおばさんが見たところでは、小さなバラのつぼみらしいものをさしていた。

このえりかざりに、ハリスおばさんは気をとられた。いままで、男の人がこんなえりかざりをつけたりなぞしているのを見たことはなかった。それでじろじろと見ているうちに、老紳士と視線がぶつかった。

細長いわし鼻が、ハリスおばさんのほうにむきなおった。するどい青い目が、彼女を詮索《せんさく》するように見て、ひからびた、つかれたような声が、品格のある英語でいった。

「奥さん、わたしに、なにかおかしなところでもありますかね」

ハリスおばさんは、ふだんなら、他人さまに対してどぎまぎしたり、へりくだったりするたちではなかったが、このときは、ひょっとして自分が無作法なまねをしたのではないかという心配があったので、うしろめたい気持ちで、老紳士ににこにこしてみせた。

「あなたさまを、そのう、蠟人形《ろう》かなんかみたいにながめたりして、つい見とれちまって、ご無礼いたしました」

とあやまってから、

「じつは、あなたさまのえりのボタン穴にさしてあるのが、バラの花みたいだったもんですから……。なんていい思いつきだろうと思いましてね」そして、さらに説明をつけくわえた。「わたしゃ、花が大好きなんでござんすよ」

「そうですか。よろしいですな」

と、老紳士はいった。ハリスおばさんがあまりに無遠慮にながめまわすので、いささかむかついていたものの、ハリスおばさんのあいきょうのあるむじゃきな返事で、そのことは、すっぱりとぬぐいさられた。

老紳士は、あらためて、となりにすわっている婦人を、新たな興味をもって観察した。そして、彼女が、まったくもって風変わりな、この場にそぐわないことおびただしい人物であることを見てとった。が、すぐにはどんな素性のお人であるのか、見当はつかなかった。

「おそらく、これがほんもののバラの花であったら、なおのことよろしかったですな。ばら形のかざりでなくてね。(紳士がつけているのは勲章の略綬《りゃくじゅ》)」

ハリスおばさんには、そのことばの意味など、すこしも通じなかったが、老紳士がいかにもゆかいそうにいったので、(わたしの無作法をわすれてくれなさった)と、心のつかえがとれた。

「ずいぶんしゃれたもんでございますね」

ハリスおばさんは、おしゃべりをつづけるつもりでいった。

「なるほど、あなたは、こういう感じのものがお好きなのですな」

ところで、この老紳士は、心中、はてなと首をひねったのである。この婦人を見ていて、さっきから頭の中にちらちらひらめくものがある。それをとらえ、正体をつかもうとした。どうもはっきりしないが、自分が青年だったころ、それも留学していたころに関係があるらしい。その手さぐりの成果がだんだんまとまっていって、自分がイギリスの大学ですごした二年間とつながりがあるらしいことを、おぼろに感じた。

老紳士は、学校の寄宿舎の、自分の勉強部屋兼寝室だった、黒ずんだ羽目板にかこまれている、陰気な、うす汚れた一室を思いうかべた。戸の外には、あじけのない冷えびえとした暗い廊下がつづいていた。

そのうちに、しだいに記憶が頭の中で形をととのえてきて、階段の上の廊下のまん中に、ぽつんとおいてあるぞうきんバケツがうかんだ。

一方、ハリスおばさんのすばしこい小さな目は、この老紳士にひきつけられていた。そして、いかめしい外観の奥のほうにあるものを読みとろうとしていた。きれいになでつけられた白髪と、人を威圧するようなまゆ毛と、端正な服装の中に、あたたかい人がらが感じられる。

(このじいさんは、こんなところで、なにをしているんだろうね)

と、ハリスおばさんは考えた。老紳士は、両手を、金のにぎりのあるステッキの上に、手持ちぶさたに組み合わせておいている。そのステッキのほかには、連れらしい人もいない。

(たぶん、お孫さんの服でも買いに来なさったのだろうよ)

そこで、いつものやりかたで、ためらうことなくずばりと質問して、好奇心を満足させることにした。しかし、慈悲ぶかい思いやりを見せて、このじいさんからおくり物を受けとる側の世代を、一代だけくりあげることにした。

「お嬢さんのドレスをお買いになるおつもりでしょうね」

老紳士は頭を横にふった。子どもたちは、それぞれ一人まえになり、手もとからはなれて、ちらばってしまっていたからである。

「いや、わたしはときどき、ここへ見物に来るだけです。美しいドレスや、きれいなご婦人を見るのはいいものですからな。気持ちが若がえります」

ハリスおばさんは、いきおいこんで同感の意をあらわしたので、ピンクのバラの花が威勢よくゆれた。ハリスおばさんは相づちをうった。

「そうでござんすよ、ねえ」

つぎに、うちあけ話をする相手ができたのがうれしくて、老紳士のほうへ身をのりだしてささやいた。

「わたしゃね、ロンドンからはるばるディオールのドレスを買いに来たんですよ」

とたんに、老紳士の頭の中に直感がひらめいた。半分はフランス人持ちまえのふしぎな勘と、半分は、彼がかきあつめにかかっていた記憶がよみがえって、老紳士には、このご婦人がなにものであるか、どんな職業の持ち主であるのか、いまやはっきりとつかめた。

しみだらけの汚れた廊下と、のぼりきったところにぞうきんバケツがおいてある、ギシギシきしむ階段との記憶にくわえて、さらに、うすぎたない仕事着を着、ぶかぶかのくつをはき、赤茶けた白髪まじりのさんばら髪で、そばかすだらけの顔をした、しまりのないかっこうのおばさんが、バケツのそばにつっ立っているすがたがうかんだのだった。

そのおばさんは、ほうきや、はたきや、棒ぞうきんやブラシの大砲列を一手にひきうけて指揮する女司令官だった。陰気な大学の寄宿舎の構内で、そのおばさんだけが、陽気さをふりまいていた。

そのおばさんは、だらしのない夫ににげられた後、五人の子どもを女手一つで育てていた。おばさんは、いつも変わらぬ快活さと、きわめてしんらつだが、しっかりした一種の人生哲学を身につけていた。天候や政府のことや、生活費や人生のうきしずみなどをしゃべりながら、自分の人生哲学から出た考えをじょうずにはさみこむのだった。

「もらうものはなんでももらえ。もらったものには、けちをつけるな」

というのが、おばさんの座右の銘だった。おばさんがミセス マドックスという名だったことを、この老紳士は記憶していた。

彼と、その寄宿舎にいたもうひとりのフランス人の学生は、彼女をいつも、「ぞうきんおばさん」とよんだ。彼女は、友だちで、助言者で、便りをとどけてくれる人で、うわさ話や大学内のニュースの泉だった。老紳士にはいまも、はっきりと心に焼きついている。彼女がそうじをしている、奇妙におかしいかっこうの中には、ひとりの女性のたくましい勇気がひそんでいた。

「ぞうきんおばさん」は、苦しみに満ちた人生を生きぬこうとし、むくわれない、きりのない、単調な骨折り仕事をつづけていた。自分の身のうえについての、ぴりっとした味をこめた、ちょいとしたぐちをこぼすことは、ときたましかなかった。けれども、いわゆるお上のおえらがたの中にいる悪党どもやごくつぶしどもを、しんらつにこきおろすやりかたを、彼にしみこませてくれたのだった。

老紳士は、赤茶けたさんばら髪のそのおばさんが、たばこのすいかけを耳にはさんで、寄宿舎のそうじに大馬力を出し、頭をひょこひょこ動かしているすがたを、ふたたび目の前に見ているように思った。おばさんの話し声が聞こえているようだった。そして、

(うむ、これはたしかに……)

と、老紳士は思いあたったのだった。

パリでも最高級の洗練されたサロンである、ディオールの招待客の中で、彼の横にすわっている婦人は、彼の五十年前の、あの「ぞうきんおばさん」の化身のようだった。

もっとも、からだつきは似ていなかった。となりの婦人は、労働のやりすぎなのか、やせて、やつれぎみだった。老紳士の視線はさがっていって、ハリスおばさんの両手を見るにおよび、たしかに「ぞうきんおばさん」の再来であって、

(わたしの想像はまちがっておらん)

と、確信を深めた。しかし、それだけでハリスおばさんを品定めしたのではなかった。

その態度・話しぶり、ぬけめのなさそうな小さな目によってもわかったが、なによりもかんじんなのは、くじけぬ勇気と独立心と、ものおじしない一種独特な空気が、この婦人のまわりにたちこめていたからだった。

「ディオールのドレスをねえ」と、老紳士は、ハリスおばさんのことばをくりかえした。「すばらしい思いつきですな。このショーで、あなたのお好みのドレスが見つかるように祈りましょう」

この婦人に、そんな大それた望みがどうしてかなえられるようになったのかなどと、やぼな質問をする必要はない。老紳士は自分の体験から、この風変わりなイギリス婦人の気性がどういうものであるか推察できた。

彼女は、遺産でもころがりこんだか、それともれいのフットボールの賭《か》けで莫大《ばくだい》な懸賞金をぶちあてて、とつぜん大金をつかんだのだろう。老紳士は単純に憶測した。彼はいつも新聞で、イギリス鉄道の赤帽や、労働者や、やお屋の店員が、気の遠くなるような大金を賭けで手に入れた記事を読んでいた。

しかし、老紳士は、ハリスおばさんが全財産をそっくり投げ出して、自分の願いを満足させようとしている、そのいきさつを知ったとしても、格別おどろきはしなかったろう。

ふたりは、おたがいを知りつくしている、長い間の友だちのように、暗黙の間に、すっかり気心をのみこんだようだった。

「だれにもいいたかないんですがね。わたしは、ここへ来るまでにゃ、死ぬほどびくびくしましたよ」

ハリスおばさんは、新しく発見した友情に喜びながら、老紳士に告白した。

老紳士は、これは意外という顔で、ハリスおばさんを見つめた。

「あなたが？」

「そうなんですよ、フランス人は、そのう……」

老紳士は、ほっと息をついて、

「ああ、フランス人はいい国民ですよ。だが、それは別のことですわい。いまは、あんたはお好きなドレスを選び出しなさい。ことしの春のショーはすばらしいということですよ」

ひとしきり、ざわめきときぬずれの音がした。シックな、高価な衣装を身につけた婦人が、ふたりの女店員にかしずかれて、ハリスおばさんのとなりの席のほうへやって来た。そこには、ハリスおばさんのだいじなドルがはいっている、みすぼらしいハンドバッグがおいてあった。

「あれまあ、ごめんなさいましよ」

ハリスおばさんは、ハンドバッグを大あわてでつかんだ。それから、いすの上をてのひらでパンパンとはらって明るくほほえんでいった。

「さあさ、おかけなさいまし」

目と目の間がくっついた、おちょぼ口のその婦人は、金の腕輪をジャラジャラいわせながら腰をおろした。そのとたん、ハリスおばさんは、この世のものとは思えない、うっとりとするようないいにおいの雲につつまれた。ハリスおばさんは、その婦人のほうに身をのりだして、しみじみとそのにおいをかいで、心から感じいった。

「ほんとに、いいにおいでござんすねえ」

この新来の客は、不快そうに身をひくと、こわい目をして、まゆの間にたてじわをつくった。そして、だれかをさがしだしたいように、ドアのほうを見た。

ほどなくショーがはじまる時刻だった。ハリスおばさんは、子どものように夢中になって興奮していた。そして、心の中で自分によびかけた。

(さあ、エイダ・アリス、考えてもごらんよ。おまえがパリのディオールの店のサロンにすわりこんで、上流社会の人たちの中にまざって、ドレスを買える日が来るなんて、だれが思ったろうかね。それなのに、おまえは、ちゃんとここにいるんだよ。もういまとなっては、だれも、おまえのじゃまをしやしないんだよ)

ところが、となりに着席した相場師夫人は、階段からつづいている衣装着つけ室からすがたをあらわしたマダム コルベールを目ざとく見つけて、よびつけた。マダムが近づくと、相場師夫人は語気するどくフランス語でどなりつけた。

「こんな下品な女を、あたくしのとなりにすわらせるとは、なにごとです。その女には、すぐにどこかへかわってもらいましょう。この座席には、後から来る、あたくしの友人がすわることになっているんですよ」

　マダム　コルベールは、こまったことになったと思った。マダムは相場師夫人の素姓も育ちも知っていた。この夫人は、ドレスが好きで買うのではなく、見せびらかすために買うのである。それにしても、金ばなれのいい客なのだ。そこで、その場のがれに、こう返事した。

「奥さま、失礼いたしました。けれど、このお席をお友だちのかたにお約束いたしましたおぼえはございませんので、ちょっと調べまして……」

「調べる必要などはありませんよ。友だちをここにすわらせたいと、このあたくしが申していますんですからね。いわれたとおりになさったらいかが。まさか、こんな女をあたくしのとなりにすわらせようと思っているんじゃないでしょうね」

　すると、ハリスおばさんの右どなりにすわっていた老紳士の顔が、しだいに紅潮して、首すじから耳のつけ根までまっかになり、青い目は、霜のようにつめたい光をおびてきた。

　一瞬、マダム　コルベールは、客のいいなりになってやろうかという気になった。ロンドンから来た小がらなお客さんには、席の予約に手ちがいがあったのでと説明したら、納得して席をあけてくれるだろう。階段のところに立ってもらっても、けっこうよく見えるだろうし……。

　マダム　コルベールは、くたびれたコートを着、とっぴな帽子で、ちんまりとすわっているハリスおばさんのほうへ目をやった。すると、このごたごたさわぎの張本人は、いまのやりとりの内容がひとこともわからないので、けろりとして、いかにもたのしげに、信頼しきっている微笑をリンゴのほおにうかべて、マダムを見あげた。

「こんなすてきな人たちのところに席をくださって、ほんとにありがとうさんですよ。わたしゃ百万長者になったって、こんなにしあわせじゃないでしょうよ」

そのとき、フロックコートに縞《しま》ズボンという身なりのひとりの男が、しかめっつらでサロンにやって来た。腹をたてていた相場師夫人は、その男にむかってどなった。

「アルマンさん、すぐ来てくださいっ。お話がありますの。マダム コルベールは、失礼にも、あたくしをこんな下品な女のとなりにすわらせたんですよっ。あたくしに、この侮辱をがまんしろというのですか」

そのけんまくのものすごさに、アルマン氏は、たじたじとなった。ハリスおばさんのほうをちらっと見てから、マダム コルベールにむきなおると、両手で、(追いはらったらいいじゃないか)というしぐさをしながら、

「やれやれ、聞いただろう。この人にすぐどいてもらいたまえ」

すると、いかつい顔をした老紳士の紅潮した顔は、激怒のあまりむらさき色に変化した。彼は、いすから立ちあがりかけ、なにかいおうとしたが、それより先に、マダム コルベールが口を開いた。

このフランスの婦人の胸のうちには、さまざまな思いと恐怖がかけめぐっていた。自

分の地位、店の信用、金持ちの得意客を失いそうなこと、上役のいいつけにしたがわなかったら、というようなことがらだった。

しかし、マダムは同時に、アルマン氏は上役ではあっても、この階では自分が最高責任者であるという自覚を持っていた。そしていま、なにも知らないハリスおばさんが、ようしゃのない攻撃に身をさらされている。女店員のかしら、マダム コルベールは、海峡をわたってきたこのかれんな客に、前よりもいっそうのしたしみと、女どうしの思いやりを感じた。

（どんなことがおころうと、この人を追い出すことはできないわ。そんなことは、ぜったいにするものですか。むじゃきな子どもをぶつのと同じよ）

マダムは、ひきしまった丸いあごをアルマン氏につきだして、きっぱりいいきった。

「このご婦人は、ここにおすわりになる資格がりっぱにおありになりますことよ。このかたは、ドレスをお買いになりたくて、わざわざロンドンからおいでになりました。もし、このかたをどかしたかったら、ご自分でなさいませ。わたくしはおことわりします」

ハリスおばさんは、なにか自分のことをいわれているらしいと、おぼろげに見当がついた。それも、自分の国のことをいったらしいと思った。ほかの議論の中身は、かいもくわからなかった。マダム コルベールが、知り合いのフロックコート氏に、なにか自分の野心のいきさつなどを話しているらしいと、当て推量したのだった。

そこでハリスおばさんは、フロックコート氏に、とっておきの愛想わらいをしてみせて、そのうえ、さもさも、「わかってますよ」といいたげに、かた目をつぶって、大きなウインクをサービスした。

老紳士は、このさまを見ながら、そろそろと腰をおろして、平生の顔色にもどった。そしてマダム コルベールをながめて、「わが意を得たり」と、義憤に燃える、はげしい喜びに顔をかがやかせた。老紳士は、新しいものを発見した喜びで、ハリスおばさんがそばにいることを、ふっとわすれたくらいだった。

新しいものを発見した喜び——それは、あまりにも古くさくて、ほとんどわすれられているものかもしれない。彼は、フランス婦人の、自分を犠牲にする勇気と、名誉を重んじる高く清い心情を、ここに見いだしたのだった。

アルマン氏はおじけづいた。意気阻喪《そそう》というやつだ。マダム コルベールの手ごわい反撃と同じくらいに、ハリスおばさんの強力なウインクに気勢をそがれてしまった。

(それもそうだな)

と、アルマン氏は考えた。店の上得意の中には、ときおり、奇妙なかっこうをわざとする風変わりなお客がいないでもない。マダム コルベールがとくにこのようにはからっているのだから、なにかわけがあってのことだろう。退散するにしかず。彼は両手をあげて降参し、こそこそと戦場からしりぞいた。

相場師夫人は、かみつくようにいった。

「マダム　コルベール、あなたはいずれ、このことでおこごとをいただきますよ。お店を首になりますでしょうよ」

　そして、彼女は、さっと立ちあがると、大またにサロンを出ていった。

「いや、そのようなことはおこりますまい」

　そういったのは、もじゃもじゃした白いまゆ毛、彫刻の見本のような鼻をした、バラの形のレジオン・ドヌールの略綬《りゃくじゅ》をボタン穴につけた、例の老紳士だった。彼は、いすからつと立ちあがると、ちょっと劇場むきの口調で大見得をきった。

「わたしは、このフランスに、まことのデモクラシーと品性と名誉をたっとぶ精神が、まだ消えうせてはいなかった事実を、目のあたりに見ました。真に欣快《きんかい》のいたりでありますす。もし、かようなことで、なにかめんどうが持ちあがれば、わたしからムッシュー　ディオールに談じてあげますぞ」

　マダム　コルベールは老紳士に、

「ありがとうございます」

　と、えしゃくをした。彼女は、将来の暗い奈落《ならく》の底をのぞきこんでいる気持ちだった。胸が痛み、不安だった。

（ジュールがまた、他人から追いぬかれて、うちのめされた人となってしまい、自分は店をやめさせられ、あのいじわる女の謀略で、注意人物だなどといいふらされたら、どうしよう）

そのとき、入り口のそばに立っていた女店員が、声高くいった。

「第一番『夜想曲』」

広いえりぐりのベージュの上着に、フレヤースカートのモデル嬢が、しゃなりしゃなりとサロンに登場した。

ハリスおばさんは興奮して、かん高い、小さなさけびをあげた。

「さあ、はじまったよ」

マダム　コルベールは、みじめな気持ちでいたのだが、この通いの家政婦さんがいとおしくてたまらなくなった。マダムは身をかがめて、ハリスおばさんの手をにぎりしめていった。

「さあ、よくごらんになってね。そして、あなたのあこがれのドレスを見つけてくださいな」

第八章

それから一時間半にわたって、ハリスおばさんはうっとりとしつづけた。世界でもっとも古い文化をほこる、花の大都会がうみだした、世界第一流のドレスメーカーである巨匠の作品百二十点が、十人ほどのモデルによって、入れかわり披露されたのだった。

モデル嬢たちはつぎつぎに、サテン、絹、レース、ウール、ジャージー、綿、ブロケード、ビロード、あや織りラシャ、ブロード、ツイード、ネット、オーガンジー、モスリンなどの生地でつくったドレスを着てあらわれた。

ワンピースもあればスーツもあり、コート、ケープ、ガウン、カクテルドレス、朝の散歩着、アフタヌーンドレス、夕食会や正式の舞踏会やレセプション用のイヴニングドレスなど、さまざまだった。

縁かざりやアクセサリーには、毛皮、黒玉ビーズ、ラメ、金糸銀糸などがつかってあって、あらたまった感じを出すためには、ブロケードも使用してあった。色は目もさめるようにはなやかで、思いきった大胆な配色がこころみてあった。そでは、長いのも短いのも、七分そでもノースリーブもあり、いろいろだった。

ネックラインは、のどのしまりそうなものから、思いきり、くりをさげたものまであり、ヘムラインは、デザイナーの感興にまかせて思い思いの形にうねっていた。あるドレスはヒップの線が高く、あるドレスは低かった。ことさらに胸のふくらみを強調しているのもあれば、それを無視して、むしろ目だたなくする傾向のものもあった。

モードの主調は、ハイウエストと、腰の線を目だたなくすることだった。中には、その後のサックドレスやトラペーズの流行をにおわせるものもあった。ペルシアの子ヒツジや、ミンク、ロシアの山テン、黒テンなど、あらゆる種類の毛皮が、あしらいにつかわれたり、ストールやショートコートの形で利用されたりしていた。

ハリスおばさんは、このたまげるほど高価な、すばらしいドレスを美しく着こなしたモデル嬢たちを、まもなく、それぞれ見わけることができるようになった。出番がぐるぐるまわるので、何度めかには、同じモデル嬢が登場した。

おなかを二十センチばかりも前につきだして、しゃなりしゃなりと歩く娘もいたし、そそるような目つきで、いたずらっぽい口もとをした小がらなモデル嬢もいた。ちょっと目には平凡だが、よく見ると、おちついた気品をたたえた女の子もいたし、肥満形サイズのお客さまむきの、ふとりかげんのモデルもいた。お高くとまって気どっている娘もいたし、それと逆なタイプの子もいた。からだを一まわりさせるときに、サロンの観客に愛想をふりまく、赤毛のおちゃめさんもいた。

そのほかに、別格のスターモデルのナターシャがいた。サロンでは、作品がとくにヒットしたときには拍手がおこったが、ハリスおばさんは、だれよりも、愛らしいナターシャが登場するたびに、棒ぞうきんやブラシをにぎりつけたがっしりした手で、さかんな拍手を送った。

ハリスおばさんは、一度、ナターシャの出番のときに、背のすらりとした、顔に傷のある金髪の青年が、サロンの外から、ナターシャをくいいるように見つめているのに気がついた。そこで、心の中でいった。

(あれまあ、あのお若い人は、この娘さんが好きでたまんないんだね。きっとそうだよ)

そういうご当人のハリスおばさんも、すっかりここが好きでたまらなくなっていた。ナターシャは愛らしいし、マダム コルベールはよくしてくれるし、そしてなによりも、こんなすてきな日がめぐってきた人生を……。

ハリスおばさんのプログラムの裏は、夢中で書きこんだワンピースやドレスの番号の走り書き、おぼえ書きが、自分でも読めないほどぎっしりつまっていた。それにしても、こんなにたくさんの中から、だれがえらぶことができるだろう。

そのとき、ナターシャが、八十九番の「誘惑」というイヴニングをつけて、すべるようにサロンへはいってきた。そして、ハリスおばさんは、ドアのところに立っていた例の青年から視線をはずす、そのわずかの間に、青年の顔にうっとりとした表情が走ったのを見た。青年は、ただそれだけを見に来たのだ、といいたげだった。

そしてまた、ハリスおばさんのすべてもきまった。彼女も、その「誘惑」を見たとたんに、もうどうにも自分をおさえきれなくなったのである。その衣装の美しさにわれをわすれ、目はくらんで、すべてが、ぼうとかすんでしまった。

（これだ！）

ショーは、まだこの後、やはりすばらしいイヴニングがもっと披露されることになっており、最後には恒例の結婚衣装の展示があって、終わりになる。しかし、ハリスおばさんには、のこりのショーなどどうでもよかった。彼女のドレスは決定したのである。はげしい興奮で胸はどきどきし、欲望が血管を、炎となってかけめぐった。

「誘惑」は、床まで長くすそをひいた黒ビロードの夜会服で、下半身に真っ黒のビーズが形よくちりばめられ、それがスカートに、おちついた重みの動きをあたえていた。

胸の部分は、あわいピンクと白のシフォンやチュールやレースで加工してあり、ちょうど、あわだてたクリームのようだった。そこから、ナターシャの象牙《ぞうげ》のような肩と、うなじと、夢見るような黒い目と、漆黒の髪をした顔がぬけでていた。

これほどぴったりした名のついたドレスはめずらしい。この衣装につつまれた人は、真珠の海原からあらわれた美の女神ビーナスのようにさえ見えた。それでいて、乱れたベッドから起きあがった、魅惑的な女のすがたにも見えた。女性の肢体が、こんなにも人の心をさそいこむよそおいをまとったことが、これまでにあっただろうか。

ナターシャの登場で、サロンの中に、いっせいに称賛の声がわきおこった。中でもハリスおばさんの拍手は、ほうきの柄で板をひっぱたいているように、はげしく鳴りひびいた。

サロンの男性たちは、いっせいに拍手し、「ほほう！」という嘆声をあげ、「すごい！」と声をはずませた。

例の毅然《きぜん》とした老紳士でさえ、床をステッキでコツコツ突き鳴らして、たいへんお気にめしようだった。そのドレスは、ナターシャをこのうえなくすっきりと、このうえなく気品ゆたかにくるんではいたが、また、官能をくすぐるところもあり、うっとりとひきずりこむ力をもっていた。

ハリスおばさんは、自分の選んだドレスが、男性にさえも人気を得る、そんなにもずばぬけたところがあるとは気がつかなかった。というのも、ハリスおばさんは女性の目でそのドレスを見、やはり、どこまでも女性の目で選んでいたからだった。

彼女にだって、娘のころはあった。ほのかな恋心をいだいたこともあった。彼女はいまはなくなった夫に、娘心を燃やした。そして、この青年に自分をもらってもらいたいと、熱烈に心にねがっていた。ところが、あいにく、この青年ははにかみやで、すぐにのどをつまらせてしまい、おまけに、つね日ごろが無口ときているし、彼のカの鳴くような、しどろもどろの恋のささやきを聞くのに、彼女はたいへんな苦心をしたのだった。

それはさておいて、ふいにハリスおばさんには、思いがけないことが頭にうかんできた。家の化粧テーブルの上にある、自分の写真のことである。それは当時、すばらしくハイカラに思われた、だんだんのひだかざりつきのモスリンのドレスを着た写真だった。その写真と、いま、ハリスおばさんの頭にうかんだ写真がちがう点は、撮られているご本人が、モスリンのドレスでなく、「誘惑」を着こんでおさまっている図柄になっているところだった。

ショーは、例によって、花嫁衣装をつけたモデル嬢の登場を最後に、おひらきになった。来観者はざわめきながら、サロンから大階段のほうへ移動していった。そこには、競売屋のように売り上げ帳を小わきに持った黒い制服の女店員たちが、カラスのように行列して、注文のお客さまを待ちかまえていた。

ハリスおばさんは、小さな青い目を藍玉《あいだま》のようにかがやかせて、マダム コルベールを発見するなり、

「八十九番の『ユウヤク』ですよ!」とさけんだ。それから、「あれが、ほんとに、わたしの全財産より高くないといいんだけど……」とつけくわえた。

マダム コルベールは、かすかに、さびしそうなほほえみをうかべた。このおばさんがそれを選びそうだという予感がしていないわけでもなかった。

「誘惑」は、女性を主題にうたいあげる詩人が、若い娘のために、その青春の日のういういしい美しさと、青春の神秘な喜びをたたえてつくった、一編の詩といってもよかった。ところが、かならずといっていいほど、青春とはとっくに縁のなくなったおばさん連中が、それを注文するのだった。

「こっちへおいでなさい。ごいっしょにまいりましょう。あれを持ってくるようにいいつけましょうね」

と、マダム　コルベールはいった。

マダムはハリスおばさんを連れて、灰色のドアを通り、この建物の別棟へはいっていった。ふたりは、きりもなくつづく、やわらかい灰色の牧場のようなじゅうたんの上を歩いていったが、とうとう、ハリスおばさんが胸いっぱいになって息がつまるころ、別世界に出た。

ハリスおばさんは、廊下とカーテンで仕切ってある仮縫い室へ案内された。その部屋のまわりは、同じような廊下と小さな部屋が、際限のない迷路のようにつづいているらしかった。

その小部屋の一つ一つには、ハチの巣の中の女王バチのように、女の人がひとりずつはいっていた。そして、蜜《みつ》をかかえた働きバチが、廊下をせわしくとびまわっていた。働きバチは、両手に山のように、スモモ、キイチゴ、チョウセンモダマ、モモ、リンドウ、キバナノクリンザクラ、ダマスカス・ローズ、ランなどの色の、ふんわりひらひらしたドレスをかかえて、女王さまにおためしねがい、ごらんいただくために、せっせと運びまわっていた。

ここは女性の秘密の世界だった。ゴシップなどのうわさ話がとびかう場所であり、ドレスメーカーが魔法のつえで、寄る年波というやつに反撃して、中年の婦人を若がえらせようとする仕事場でもあった。そして、午後の半日だけで、莫大《ばくだい》なお金がけむりのように消えうせるところでもあった。

女店員や、女裁縫師や、仮縫い師や、裁断師、着付け師、デザイナーなどがかしずき、手に巻き尺やはさみ、口には仮縫い用のピンをふくんで、いそがしげにとびまわる中で、金持ちのフランス婦人、金持ちのアメリカ婦人、金持ちのドイツ婦人、特別大金持ちの南アメリカ婦人、イギリス貴族の婦人、インドの王侯の夫人、それにうわさによると、ソ連某大使夫人とソ連某人民委員夫人のふたりまでが、午後の半日と、ご主人のお金をつかうのだった。

そして、このスリルと恍惚《こうこつ》に満ちたハチの巣の中で、おかかえの腰元にかこまれながら、ロンドンの通いの家政婦のおばさんは、「誘惑」に身をつつんですっくと立っていた。そのイヴニングは、ハリスおばさんのサイズにぴったり合っていた。それも、当然のことかもしれなかった。ハリスおばさんのからだは、そうじの労働と、あまりにも質素な食物のために、ほっそりなりすぎていたからである。

さて、ハリスおばさんが、すばらしい、ふんわりした、桜貝色のピンクと、クリーム色の海原のあわの中からうかびあがったところは、さながら美の女神——いや、やはり、バタシーのエイダ・ハリスおばさんだった。

この詩のような作品が奇跡をあらわしたのは、ハリスおばさんの心の中だけでのことだった。やせこけた首、白髪まじりの頭が、イヴニングのえりぐりからにょっきりとびだしていて、そのかさかさの肌、小さなボタンのような青い目、リンゴ色のほおが、黒ビーズをちりばめた黒ビロードの、典雅な、古典的なひだかざりとは、いかにもちぐはぐで、いささかグロテスクでさえあった。

けれども、あっさりと頭ごなしにそういってのけることもできそうになかった。美しいドレスと、それをつけた人の明るい人がらが奇妙につりあって、このとっぴなすがたに、一種のふしぎな風格をさえかもしだしていたのである。

ハリスおばさんは、ついにあこがれの楽園に到達したのだ。夢と願いがかなった有頂天のひとときなのだった。彼女がなめてきた数々の苦労、犠牲、倹約、ひもじさは、もう、すでにつぐなわれた。パリのドレスを買うということは、女の味わうことのできる、とびきりうれしいことなのだ。

マダム　コルベールは値段表を調べた。

「ええと……」とつぶやいて、「お値段は五十万フランでございます」

ハリスおばさんのリンゴのほおは、これを聞いて、いっぺんに青ざめた。そんな大べらぼうな数字の金は、どうころんだって、はらえはしない。

マダム　コルベールの声は、なおもつづいた。

「イギリスのポンドにいたしますと五百ポンド。アメリカのドルですと千四百ドルになります。現金でなら、少々ですが割引を……」

ハリスおばさんの意気揚々たるさけびが、マダムの声をさえぎった。

「しめたっ！　わたしゃ、ちょうどそれだけ持ってますよ。ああよかった。いまはらってもよござんすかね」

ハリスおばさんは、中芯《なかしん》を入れてすそを大きくふくらませた夜会服の中で、からだをぎくしゃく動かしながら、ハンドバッグをとろうとした。

「はい、よろしゅうございましたら」と、マダムはこたえて、「けれど、わたくし、そんな大金をおあずかりするのも、なんですから、会計のフォーベルさんにここへ来てもらうことにいたしましょう」

マダムは、電話に手をのばした。
二、三分たって、金髪の若い会計係のアンドレ・フォーベル君が、仮縫い室にやって来た。ハリスおばさんはすばしこい目で、この青年が先ほど、いかにも片想いのつらい恋をする人の熱っぽい目つきで、ナターシャを見つめていたご当人とわかった。
フォーベル君のほうは、ハリスおばさんが「誘惑」を着ているのを見て、彼の女神がショーで披露したドレスが、こんな、そんじょそこらにごろごろしていそうなおばさんに着られてしまい、それがいまいましく、不機嫌な表情をありありとうかべた。若いフォーベル君の興奮しがちな心は、ブランシュ街やピガール広場の、評判のよくない婦人がフランス国旗を身にまとっているのを見ているような気持ちでもあったのだ。

そんなことにはおかまいなしの、このおばさんは、フォーベル君に、ぬけたり欠けたりした歯を見せ、ほおにしわをよせてほほえんだ。

まるで、霜にやられてちぢみあがったくだもののようだった。

「さあ、これで全部。千四百ドルでしたね。これでわたしゃ、すっからかんですよ、やれやれ」

と、ハリスおばさんはいった。

マダム　コルベールは、若い会計係の表情に気がついた。マダムはこの青年に、

「わたしたちは、美しい女性のためにつくられた優雅なドレスが、顔をまっかにぬりたくった、いやらしい女どもに買われていくのを、毎週見ているじゃないの」

といってやりたかった。マダムは青年の腕に手をかけて、フランス語で、かいつまんでハリスおばさんのことを話した。しかし、恋している女性のぬけがらが、あまりにも無念なことになってしまうのを見つめている青年の、むしゃくしゃした心はおさまりそうにはなかった。

ハリスおばさんがいった。

「どこもなおさないでいいんですよ。このまま、もらっていきますからね。ちょいとつつんでくださいな」

マダム　コルベールは微笑した。

「ええ、でも、あなた、このドレスをいますぐさしあげるわけにはまいりませんの。これは見本ですし、これからまだ一月《ひとつき》も、それに夏のショーでも、お客さまにお見せしなければならないのです。もちろん、あなたには、これとそっくり同じのをお仕立てして……」

ハリスおばさんは、マダムがなにをいっているのかわかると、心臓がぐんぐんしめつ

けられてきた。

「えっ、同じのを仕立てる……」

そして、ふいに、ひとっとびに老人になったような気がした。ハリスおばさんは、他人から見れば珍妙この上なしの顔になってたずねた。

「仕立てに、どのくらいかかるんでしょうかね」

マダム コルベールのほうもうろたえた。

「ふつうですと十日から二週間ですが――あなたさまには特別にいそいで一週間で……」

やりきれないような沈黙。つづいて、ハリスおばさんは、心の底からしぼり出すようなうめき声をあげた。

「わかってくれないんだね。わたしゃ、そんなにパリにはいられないんだよう。もう帰りの旅費ぎりぎりしか、お金は持ってないんだからね。それじゃ結局、ドレスは買えないことになってしまうよう」

ハリスおばさんは、役にたたなかった金をぶらさげて、ドレスなしのから手で陰気なバタシーのアパートへ帰りついた自分を思った。なんのための大金だったのか。たとえさきざき着ることはないにしても、身も魂もすりへらしたのは、この「誘惑」の持ち主になるためではなかったか。

一方、フォーベル君は思った。

(なんといやらしい、いまいましい、下品なばあさんだ。いい気味さ。このいやらしい金なんか、できることならたたきかえしてやりたいよ)

だが、つぎの瞬間、一同はびっくりした。ハリスおばさんの小さな目から、みるみる涙があふれ出して、赤いすじがこまかく走っているほおをつたわり、ぽとりぽとりと落ちはじめたのだった。ハリスおばさんは、すばらしい舞踏会用の夜会服を着たまま、とほうにくれて、しょんぼりと、いかにも悲しそうに立っていた。

会計係フォーベル君は、金銭をとりあつかうもののつねとして、情にほだされない堅物だと、だれにも思われてきた気味があり、自分でもそのように思ってきたが、このハリスおばさんを見たとき、ふいに深く、たえがたいほど心を動かされた。

そしてこの人にも、フランス人特有の直感がひらめいた。この見知らぬ婦人が、大願の成就がほとんど絶望的となって、涙のふちにしずもうとしているいたましい心のうちを、とっさに理解できた。それは、フォーベル君が、かなわぬ望みをいだいて、みじめな片想いのふちにしずんでいたればこそだった。彼は、だまっていられなくなった。

フォーベル君は、かわいいナターシャをつつんだドレスが生んだこの機会に、自分がナターシャにこんなにも大きな愛情をよせているのを、おそらく永久に知りもすまい女神に、一つのささげものをしようときめた。彼はハリスおばさんに近よると、礼儀正しく頭をさげていった。

「もしも奥さまさえさしつかえなかったら、その間、ぼくの家にとまってください。ドレスができるまで、お客さまになっていただけたらと思います。——ちっぽけな家ですが、妹がリールへ旅行していますので、部屋はあいています」

フォーベル君は、小がらなその婦人が感謝のさけびをあげるのを聞いて、もうそれだけでむくわれた気になった。

「そりゃ、そりゃ——あなたさまの上に神のおめぐみがありますように……。だけど、ほんとにそういってくださるんですかね」

マダム コルベールは、目のすみからなにかをぬぐうようなそぶりをして、フランス語でいった。

「まあ、アンドレ、あんたはほんとに天使だわ」

そのとき、ハリスおばさんが小さな悲鳴をあげた。

「あっ、そうだ！ わたしにゃ仕事が……」

「だれか、かわりにしてくださるお友だちはないのですか、せめて、あなたがこちらにおいでの間だけ、かわってくださったらねえ」

と、マダム コルベールがいった。

「バターフィルドさんがいますがね。でも、まる一週間となるとねえ……」

と、ハリスおばさんは、すぐにこたえた。

「そのかたが、ほんとうのお友だちなら、きっと、かまわないとおっしゃいますわ。そのかたに、あなたのお名まえで電報をうっておいてあげましょう」

マダムも一役買った。

むろん、バターフィルドおばさんがかまわないといってくれることは、ハリスおばさんにはわかっていた。わけをうちあけたら、なおさらそういうにちがいない。しかし、お友だちとかいうプロデューサーによって出世のチャンスをつかみかけていそうなミス・パミラ・ペンローズが、自分の帰りを待ってじれったがりそうで、気がとがめた。だが、なんとしても、ここには「誘惑」が存在していた。

「では、おことばにあまえさせてくださいね。わたしはどうしても、あのドレスが買いたいのですよ」

と、ハリスおばさんは大声でいった。

そうきめたとたんに、ハリスおばさんは胸がおどって、すっかりゆかいになった。仮縫い師、裁断師、デザイナー、お針子の一連隊が、巻き尺や、型をとったもめん布や、ピンやしつけ糸やはさみなどを持って、ハリスおばさんをかこんだ。そして、世界最高級のドレスを仕立てるための、連繫《れんけい》した活躍をはじめた。

夕がた、裁縫師たちが型や寸法をとりおえたころには、「ディオールのドレスを買うためにお給金をためた、ロンドンの通いの家政婦さんがいる」といううわさが、この建物のすみずみまでひろがって、ハリスおばさんは、ちょいとした有名人になっていた。

店員たちは、上の階も下の階も、それに店主のディオール御大《おんたい》までが、なんだかんだと口実をつくって、この一風変わったイギリス婦人をひと目おがんでおこうと、仮縫い室をのぞきに来た。

やがて、ハリスおばさんが最後の寸法をとるために、ドレスを着せられているとき、ナターシャがカクテルパーティー用の衣装をつけてはいってきた。ナターシャはこれから、晩の約束先をまわり歩かなければならないのだ。

ナターシャは、ハリスおばさんが美しいドレスの着付けをしているのを見て、(こっけいなことも、いやらしいこともないわ)と思った。ナターシャも、イギリスの通いの家政婦さんの話を聞いて、胸をうたれていた。ハリスおばさんの気持ちがよくわかった。

「このドレスを選んでくださって、うれしゅうございますわ」

と、ナターシャは声をかけた。

すると、ハリスおばさんが、ふいにいった。

「モデルのお嬢さん、あなた、あの、フォーベルさんのお宅へは、どんなふうに行ったらよろしいんでしょうねえ。あの若いおかたは、住所を教えてくださったんだけど、わたしにゃ、どこがどこやら、さっぱり……」

ナターシャは、あっさりとハリスおばさんの申し出をひきうけた。

「わたし、小型の車を持っていますから、送っていってさしあげますわ。その住所を書いたのを見せてくださらない?」

ハリスおばさんは、フォーベル君がくれた名刺をナターシャにわたした。それには、「デヌカン通り十八番地」と刷りこんであった。ナターシャは、美しいまゆをひそめて、

「ムッシュー アンドレ・フォーベル……ムッシュー アンドレ・フォーベル。この名まえ、どこかで聞いたことがあるみたいね」

マダム コルベールは、やさしくほほえんだ。

「なにいってるの。うちの店の会計係さんじゃないの。あなたのサラリーをはらってくれる人よ」

「あら、いやだわ」と、ナターシャはわらった。「それでは、とてもたいせつな人ね。マダム ハリス、ご用意ができましたら、そのお宅へお連れしますわ」

第九章

六時をすこしすぎたころ、ハリスおばさんは、ナターシャの小型の軽快なシムカに乗って、エトワール広場の車の洪水の中をすりぬけ、ワグラム街の広い車の流れにはいり、流れにそって、すべるように走りながら、フォーベル君の家へむかった。そのときにはもう、電報はパリからロンドンに発信されていた。

「ハリス　カエルマデ　オトクイサン　ヨロシク　オセワ　タノミマス」

という文面だった。バターフィルドおばさんは、パリからのこの電報に、心底からちぢみあがったにちがいない。ところが、ハリスおばさんは、そんなことにはおかまいなく、わが楽園をさまよっていた。

デヌカン通り十八番地というのは、屋根が一直線のゆるやかな傾斜をとらずに、一ぺんとちゅうでごくんとさらに折れまがっておりている、いわゆる腰折れ屋根の、小さな灰色の二階建ての家だった。十九世紀のしろものである。ベルを鳴らすと、中からフォーベル君がどなった。

「アントレ、アントレ（おはいんなさい）――どうぞ」

ハリスおばさんひとりだけだと思ったのである。ふたりは、細く開いていたドアをおして中へはいった。ところが、家の中は、たいへんなちらかりようだった。まさに、

「妹が通いの家政婦にあとをたのんで旅行に出てしまった後《のち》、その通いの家政婦が、よりによって、そんなときに病気になってしまった、独身男の暮らしぶり」の見本によろしいものだったろう。

あたりには、ほこりがうずたかくつもり――なにしろ一週間、ぜんぜんそうじをしてなかった――あっちこっちに本や衣類がほうりだしてあった。このぶんでは、台所の流しには、皿が山とつまれ、ストーブの上には、汚れっぱなしのなべがかかっており、浴室と万年床のすさまじさも、ただちに想像がついた。

このときのフォーベル君ほどあわをくった男には、なかなかお目にかかれまい。フォーベル君の名誉の傷あとは――この傷あとは、むしろ、かっこうがよろしく、男ぶりをあげてさえいるのであるが――はずかしさでまっかになった顔の中で、白く光った。彼は、ふたりの前にあらわれて、どもりながらいった。

「ああ、これは……ああ、マ、マドモアゼル　ナターシャ……な、なんてことだ、ふたりでおいでだなんて……おはいりなさいなんていえないんです……そのう、なんのおかまいも……いや、ぼくは、この一週間ばかり、ひとり暮らしをしてたもんですから……ああ、まったくはずかしい……」

ハリスおばさんは、部屋のありさまに、べつにおどろきはしなかった。どちらかというと、自分の日ごろのことを思い出して、なにかゆとりのある気分にさえなった。彼女がロンドンで毎日働きはじめる前は、どこの家でも、アパートでも、部屋でも、これと同様の混乱状態でハリスおばさんをむかえるからだった。

「まあまあ、あなた」

と、ハリスおばさんは愛想よくよびかけた。

「なにも、そんなにへどもどすることたありませんよ。こんなものは、わたしがあっというまにかたづけてしまいますよ。そうじ道具はどこです？　それに、バケツとブラシ――それだけ教えてくださりゃけっこうですよ」

ナターシャのほうは、ほこりと大混乱におちいっている部屋の中にある、中流家庭でよく見うける、がっしりした家具類をながめまわした。

――毛長ビロードの長いす、かざりだな、大きなわくにはいっている、フォーベル君のおじいさん、おばあさんの写真（おふたりとも今世紀初頭の服を着て、しゃちほこばっている）、部屋のかたすみにある前世紀のピアノ、申しわけにすみのほうに、なにやらがちょこんと植わっているばかでかい植木鉢が、さらに大きな鉢にはいっている。長いすの頭もたれにかけてあるレース、シェニール織りのカーテン、はちきれそうに詰め物をしてあるいすなど、どれも体裁はよくないが、使いごこちはよさそうなものばかりだった。

なんともいえないなつかしさがこみあげてきた。これが家庭というものなのだ。ナターシャは、リヨンの自分の家を出てからは、このような家庭の味にふれることができなかった。

「それでは、わたしも、すこしここでお手伝いをしてもいいかしら。かまわないでしょ」

フォーベル君は、ヒステリーをおこしたように、やっきになった。

「とんでもない、マドモアゼル……それもあなたに……豚小屋みたいな……ごめんどうをかけるなんて……めっそうもない、ぜったいなさっちゃこまります」

「そういっちまうもんじゃないですよ」

と、ハリスおばさんは、あっさりとたしなめて、

「へえ、こちこち頭の連中は、海のむこうのわたしの国だけにいるもんだと思ってたのにねえ。このお嬢さんは、お手伝いしたがってるんだもの。さあ、はじめますよ。じゃまですよ、どいた、どいた」

ハリスおばさんは、ナターシャといっしょに、頭にあねさんかぶりをし、エプロンをかけ、ほうきをにぎった。ナターシャは、汚れた衣類をまとめた。

ハリスおばさんは考えた。

(なんてこってすよう。フランス人だって、ちっとも変わってやしないね。さっぱりして、お人よしで、ちょっとうすぎたないところがあるけど。まったく、うわさなんて、あてにならないもんだよ)

その晩ナターシャは、ある伯爵にさそわれて、カフェーでおちあうことになっていた。それから男爵と食事をしなければならないし、それをすませたら、羽ぶりのいい政治屋

のパーティーに顔を出すことになっていた。

けれど、ナターシャは伯爵をすっぽかして、プロであり、働き者のハリスおばさんといっしょに、デヌカン通り十八番地でこれまでにとんだことのないくらい、ほこりをとばせる大活躍をつづけた。パリへ来てこのかたはじめての、なんともいえない、うきうきした気分だった。

ほどなく、すっかりきれいにかたづいてしまった。いくらも時間はかからなかった。マントルピースも家具もつやつやしく光り、植木鉢は水をもらい、ベッドには、しゃっきりとのりのきいた新しいシーツがしかれ、まくらカバーもとりかえられ、浴槽のまわりのびしょびしょの水はぬぐいとられ、なべ、ボール、皿、コップ、ナイフ、フォークなどの食器類は、きれいにあらわれた。

ナターシャは、心の中でいった。

(家庭っていいものね。家庭では、女は、まぬけなかざり人形ではなくて、ほんとの女性になれるんだわ)

ナターシャは、部屋のすみずみのほこりとクモの巣をせっせととった。それから、男の人がよくやるように、フォーベル君がじゅうたんの下にはきこんでおいた、きたないごみのかたまりを、あきれてつくづくとながめた。

ナターシャは、そこにたたずんで、

(男の人って、どうしてこうなんでしょう)

と考えているうちに、いつのまにか、フォーベル君がきのどくでたまらなくなった。

(でも、すてきな妹さんもいらっしゃるんだわ。さっき、あんなにもじもじして、かわいそうに)

そしてとつぜん、ナターシャの頭に、はずかしがってまっかになっている、傷あとのあるフォーベル君の顔がうかんだ。彼女は、その金髪の頭をやさしく胸にだいて――きっと、あの傷だって、名誉の戦傷なんだわ――そして、

「ね、もういいのよ、わたしのかわいいかた、そんなに気になさらないで」

とささやいているまぼろしに、ふっと出くわした。その相手は、なんと、自分が働いているディオールの店の楽屋にときたまあらわれる、これまでぼんやりとしか記憶になかった、友だちでもなんでもない青年なのだ。ナターシャは、自分でもおどろいてしまって、ほうきの柄にもたれたまま、ぼうぜんとして立っていた。

その、いかにも家庭の主婦らしいナターシャのすがたを、外に追い出されていてふいにもどってきた、彼女の崇拝者フォーベル君が目ざとく見つけた。

ナターシャとハリスおばさんは、仕事に身がいってしまって、フォーベル君を追い出してしまったことを、ついわすれていたが、とつぜんあらわれたフォーベル君は、たくさんの紙づつみを山のようにかかえこんでいた。その荷物のむこうにからだがかくれてしまうほど買い物をしてきたのだった。

「おつかれ仕事で、きっと、おなかがおすきだろうと思ったものですから……」

と、フォーベル君は説明した。それから、髪がみだれ、顔を汚しているナターシャ——彼女はすっかり満足しているのだが——を見つめて、口ごもった。

「そのう……なんです……もしよろしかったら、ごいっしょに……」

伯爵との約束は、もう、とうのむかしにやぶっていた。いまになってあわててもはじまらない。それに、男爵さんは政治屋さんといっしょにパーティーをやることだろう。ナターシャ——というより、リヨンのミス プチピエール——は、気どったようすはすこしもなく、ごく自然に、われをわすれてフォーベル君の首にだきついてキスをした。

「アンドレ、おなかのことを考えつくなんて、あなたは天使ね。わたし、ぺこぺこなの。その前に、お二階のいにしえ風の湯ぶねで、お湯をつかわせてもらうわ。それから、ごちそうをうんといただかしてね」

こんな幸運がおとずれるとは、フォーベル君は考えてもいなかった。

(いったい、なんでこんなに、ものごとが意外な風向きになったんだろう。——そうだ。この小ちゃなイギリスのおばさんが、店にドレスを買いに来てからだよ)

ハリスおばさんはこれまで、キャビアや、ストラスブール直送の新鮮なガチョウの肝のペーストなどを食べたことはなかったが、すぐにその味にもなれた。ドーヴァー海峡名産の大エビと、ロレーヌ産の、ゼリーにしたウナギもおいしかった。ノルマンディーのシャルキュトリィという豚肉料理、ブレス産の若どりの丸焼きにした冷肉のそばには、ナント産の、皮のぱりぱりしたカモが盛り合わせてあった。

イセエビとオードブルのときは、シャサニュ・モンラシェという白ワインがあったし、キャビアにはシャンペン、とり料理にはヴォーヌ・ロマネという赤ワインが、チョコレートケーキにはイケームという白ワインがそえてあって、ごちそうをなおのことひきたてていた。

ハリスおばさんは、先週分と、今週分と、来週分を食べてしまった。どの料理もたいらげた。こんなにおいしいごちそうは、はじめてだった。この期をのがしては、お目にかかれることはあるまい。ハリスおばさんは、小さな目をかがやかせながら、喜びの声をあげた。

「おいしいごちそうをいただくのは、なによりですねえ」

「夜のパリもすばらしいですよ」

フォーベル君は、ナターシャのチャーミングな、よく飼いならされた子ネコのように愛らしい顔に、うっとりと見とれながらいった。

「食事の後で、パリの町を見物に出るのもいいですね」

「そりゃね」と、ハリスおばさんは、つぶやくようにいった。「あんたがたふたりでお出かけなさいましよ。わたしゃ、きょうはもう、思い残すことのないくらい、すばらしい一日をおくったおかげで、へとへと。それより、家にいて、皿をあらってベッドにもぐりこんで、あした目がさめたときに、バタシーの家だとかんちがいしないようにしなくちゃ」

ところが、そういわれると、若いふたりは、きゅうにそわそわしだし、遠慮するような、きまりがわるいようなようすになった。

けれども、ハリスおばさんは、あまりつめこんだものだから、満足して、気がつかなかった。

フォーベル君は、(お客さまが「行く」といってくれたら、この晩餐《ばんさん》のうれしくたのしい気分をそのまま延長できて、すばらしいナターシャをひきとめておくことができる) と考えていたのだった。そしてまた、このゆかいなイギリスのおばさんといっしょでないことには、自分がディオールの花形モデルを連れてパリを案内してまわるなど、ひどくこっけいだとしか思えなかった。

一方、ナターシャは、パリの夜といえば、知っているのは、たばこのけむりがもうもうとたちこめている、キャバレーとか、目玉のとびでるほど高い、ディナザールとかシェエラザールといったナイトクラブしか知らなかった。どこも、家の中ばかりである。そして、そんな場所へ行くと、きまって気分がわるくなった。

彼女は、星空のもと、サクレクール寺院の壮大なテラスで、フォーベル青年によりそって、宝石をちりばめたようなパリの夜景をながめることができるならば、それこそ目玉がとび出るほど高い値段をはらってもおしくないような気持ちでいた。

しかし、ハリスおばさんがベッドにもぐりこんでしまうのなら、フォーベル青年といっしょにいる理由もなくなってしまう。それにナターシャは、(フォーベルさんの生活の中に、よけいな出しゃばりをしてしまった）と、胸がうずいていた。

あつかましく、彼の根城をほうきとはたきで調査してまわり、ふつうでは考えられないなれなれしさで、湯ぶねまであらったあげく、おまけに、その湯ぶねにつかってひとふろあびたとあっては、まったく、自分のどこかがくるっていたとしかいいようがなかった。

ナターシャは、ふいに、いたたまれないほどはずかしくなって、ちぢかんだ声でいった。

「いいえ、残念だけど、わたしはだめなの。ほかに、約束があるものですから。もうおいとましなくちゃ……」

フォーベル君は、このがっかりする通告を、あたりまえのようにうけとめた。そして、心の中でいった。

（それはそうでしょうとも、小さなチョウチョウさん。あなたは、ご自分の大好きな生活へ帰らなければなりませんしね。どこかの伯爵や侯爵や男爵や、王子さまさえお待ちかねですよ。けれども、ぼくも、きょう一晩だけは、幸福な祝福された夜でしたよ。それで、満足しなければいけないのです）

しかし、ことばになったのは、すくなかった。

「そうでしょうね。ほんとうにご親切にありがとうございました」

フォーベル君は頭をさげ、ふたりは軽く手をふれあった。ふたりの視線が合った。一瞬、はなれたくないようなためらいが、表情の裏に走った。こんどは、ハリスおばさんは見のがさなかった。

（ははん、そういうわけだったのかね。そんなら、わたしがいっしょに行ってやればよかったよ）

しかし、いまごろ気がついても手おくれだった。それにハリスおばさんは、実際、おなかがいっぱいで、動くこともたいぎだった。ハリスおばさんは、自分がすがたを消したら、ふたりが連れだって出かけるかもしれないと期待をかけながら、

「では、おふたりさん、おやすみなさい」

と、意味ありげなあいさつをのこして、階段をきしませながら二階へあがった。しかし、入り口のドアがすぐにあいて、しまり、ナターシャのシムカのエンジンの動きだした音が聞こえてきた。こうして、ハリスおばさんの外国での、外国人にかこまれた第一日は終わった。

ところで、あくる朝、フォーベル君がハリスおばさんに、

「今晩、パリの町をご案内しましょう」

といいだした。ハリスおばさんはすかさず、

「ナターシャさんもいっしょにさそったらどうでしょう」

とすすめた。フォーベル君は、すっかりうろたえてしまって、

「パリの名所見物なんか、とても、マドモアゼル　ナターシャのような高級モデル嬢に

はむかないでしょう」

　と、口の中でもごもごいった。ハリスおばさんは、鼻の先っぽでわらいとばした。

「なにをいってなさるんですよ。ナターシャさんが、そんじょそこらの若い娘さんとは、できがちがうとでも思ってなさるのかね。いい青年にひかれることにゃ変わりはありませんよ。ゆうべだって、あんたがほんのちょい頭をはたらかせてさそいなさったら、あの子は散歩についていったことでしょうよ。今晩あの子が来てくれたらいいがって、わたしがいってたとほんのちょいひとことと、ことづけてくださいね」

　その朝、フォーベル君は、ディオールの店の灰色のじゅうたんをしいた階段のとちゅうで、ナターシャとばったり出会った。ふたりは、ちょっとの間、ぎごちなく立ちどまった。フォーベル君はどもりながら、やっとのことでいった。

「今晩、ハリスさんを、パリの町に案内しようと思います。そしたら、ハリスさんが、あなたもぜひごいっしょに来てほしいといってますので」

「まあ」ナターシャは、低くいって、「ハリスさんがそうおっしゃいましたの？　来てほしいって、あのかたが？　あのおばさんが？」

　フォーベル君はだまってうなずくよりしかたがなかった。このディオールの店の大階段の、冷酷なまでにしかつめらしい雰囲気の中で、まさか、

「ナターシャさん、じつは来てほしいのは、このぼくなんです。命だっていらないくらい、あなたが大好きで、待ちこがれている、このぼくなんです。あなたがふんでおいで

のじゅうたんのけばの一本でも、ありがたくおがみたいくらいに思っている、このぼくなんです」

などと、どうして声をしぼりだすことができよう。

ナターシャは、すこし間をおいてからいった。

「では、ハリスさんが来てほしいとおっしゃるのなら、まいりますわ。あの小さなおばさんは、気持ちのいいかたですもの」

「それでは、今晩八時にいかがでしょう」

「わかりましたわ」

ふたりはそれぞれ――フォーベル君は階段をあがっていき、ナターシャは階段を降りていった。

その夜――それは夢のようにすばらしい夜だった。三人は、遊覧船でセーヌ川をさかのぼって、郊外の川岸にあるささやかなレストランへ行った。

フォーベル君は、思いやりと機転をはたらかせて、ハリスおばさんの好みを考え、むやみに高い金ぴかぴかの、すましこんだ一流レストランはやめにしたのだった。けれど、ナターシャにまで、このつつましい環境の店が気に入ってもらえるとは、思いもおよばなかった。そこはこぢんまりとして家庭的だった。鉄製のテーブルに格子じまのクロースがかけてあった。パンは新しくて、焼きかげんもよかった。ハリスおばさんには、なにもかもめずらしくて、すべてのものをひとつひとつ、じっくりとながめた。

まわりのテーブルには、質素な身なりの人たちがすわっていた。船遊びのパーティーを乗せたボートが、燈《あかり》を受けてきらきらしている川面《かわも》を、すべるように行き来して、アコーディオンの調べが水の上をわたってきた。

ハリスおばさんは、満足でいっぱいのため息をついた。

「ほんとに、イギリスにいるみたいですよ。わたしゃ、暑い晩などには、よく、友だちのバターフィルドさんとボートに乗りましてね、とちゅうのビール工場の近くのちっぽけな店で、ちょいとだけのんだりするんですよ」

ところが、カタツムリ料理が出たとき、ハリスおばさんは、いくらすすめられても手を出さなかった。そして、こうばしい湯気をほかほかあげているカタツムリのからを、興味ありげに見まもっていた。食べてみようかと自分をはげまさないこともなかったが、胃のほうが承知しなかった。そこで、ついに白状した。

「やっぱり食べられませんよ。これがはいまわっているところを見てますもんでねえ」

そしてその晩以来、だれがいいだしたわけでもなかったが、夜になると三人があつまって、パリの町を散歩するのがきまりのようになった。昼間、ハリスおばさんは、例のドレスの仮縫いに出かけても、十一時半には終わるし、フォーベル君の家のそうじのほかには用もないので、ひとりでパリを見物してまわった。そして夕がたになると、ナターシャがシムカでやって来るのをきっかけに、三人は夜の町へ出ていくのだった。

こうして、ハリスおばさんは、ふたりの案内で、暮れなずんでいるパリを、エッフェル塔の中段の二番めから眺望したり、乳色のやわらかい月光をあびているパリを、サクレクール寺院からながめたり、夜がしらしらと明けかかるころに起きだして、パリの中央市場を見に行ったり、どこへ行っても、きりなくめずらしく、一晩じゅう市内を歩きまわったあげく、労働者や運送業者や、トラックの運転手のなかまにはいって、市場の雑踏の中で、ゆでたまごや、からしのきいたソーセージの立ち食いもした。

一度はいたずらっけをおこしたナターシャにさそわれて、ブランシュ通りのキャバレーへも行ったが、だしものは、ヌードのレビューだった。けれど彼女はおどろきも、そして格別感心もしなかった。そこにもすこぶる陽気な、家庭的な雰囲気をただよわせている組が、いく組もまじっていた。おばあさんから、夫婦連れ、若い人までが、それぞれ、なにかのお祝いか記念行事をしているみたいに、ピクニックの道具持参ではしゃいでいた。そうでなければ、ワインを注文して、じっくり腰を落ちつけて、踊り子ショーを見ながら楽しんでいた。

ハリスおばさんは、この環境にもすぐになじんでしまって、すっかりくつろいでいた。彼女は、裸の若い女たちのパレードを、べつにみだらだとは思わなかった。彼女の規則によれば、みだらというのは、他人にけしからんふるまいをすることだった。彼女は、おどっている、いくぶん太りぎみの人魚の精たちを、興味ぶかくしげしげとながめて、いった。

「へえ、この娘さんたちは、すこしはやせたいと思わないもんかしらねえ」

後で、ひとりのダンサーが、銀色のイチジクの葉っぱ一枚のほかは、なにもまとわないではげしいダンスを踊った。ハリスおばさんはつぶやいた。

「あれまあ、どうして、あんなことできるのかしらねえ」

ナターシャに気をとられてばっかしのフォーベル君が、きき返した。

「なんのことでしょう」

「あれを落とさないで、あんなふうにとびまわれるってことがですよ」

フォーベル君は、まっかになった。ナターシャはわらったが、説明することはさしひかえた。

こうしてパリを見物しているうちに、ハリスおばさんは、いつのまにか、この外国の大都会がこわくなくなっていた。というのも、ふたりが案内してくれたところは、ハリスおばさんと同じような人々――素朴で、はつらつとしていて、体裁をつくらずに、汗をながして働いている人たち――のあつまる町や暮らしの場所で、そこは、ハリスおばさんがロンドンでやりぬいてきたのと同じ世界だったからである。

第十章

昼間、仮縫いの時間をはずして、ハリスおばさんはひとりで気ままに、パリの町を歩きまわった。それこそ足のむくままで、どこへ行くものやら自分でもわからなかったが、シャンゼリゼーとか、フォブール・サン・トノレとか、ヴァンドーム広場のようなきらびやかな目ぬき通りでないことだけはたしかだった。

ロンドンでもハリスおばさんは、目のちかちかするような、見えっぱりの高級な場所には、足をふみ入れなかった。ハリスおばさんは人間が好きだったし、しみじみとした味のある町や、美しい公園や川や、庶民がつつましく住んでいる、むしろまずしい一画に心をひかれた。そこには人間の生活が息づいていたからだった。

ハリスおばさんは、セーヌの右岸も左岸もくまなく歩いた。そしてある日、セーヌの岸をぶらぶら探検しているうちに、川の中央にある天国のまん中にさまよいこんだ。そこは、シテ島のコルス河岸にある花市場だった。

ロンドンでも、ハリスおばさんは仕事の行き帰りに、温室育ちのラン、バラ、クチナシの花がさいている花屋のウインドウを、愛情のこもったまなざしでのぞきこんだものだった。しかし、どんな種類でもそろっていそうな、心をよわせる花の海にまよいこんだような経験は、まだなかった。

そこはノートルダム寺院の二つの塔をバックに、あらゆる花々が、歩道にずらりとならんだスタンドや屋台店をすっぽりとうもれさせている花市場だった。

こちらの道には、ピンク、白、むらさきのツツジの鉢植えがぎっしりつまってならんでいた。それにまじって、クリーム色、深紅色、黄色のカーネーションの大群落があった。

むこうの道には、太陽にむかってほほえみかけているパンジーの木箱がならんでいた。青いアヤメ、赤いバラ、温室栽培で早ざきのつぼみをもたせた、背の高いグラジオラスの大きな葉状の茎などが、はるかかなたのほうまでうちつづいていた。

ハリスおばさんが知らない草花もあった。ちっちゃい、ゴムでつくったようなもも色の花だとか、芯が黄色で花弁の青い花などがあった。ありとあらゆる種類のデージーやマーガレット、大きな花を咲かせているシャクヤク、それから、ハリスおばさんの大好きなゼラニウムの鉢植えも、何列にもなってならんでいた。

ハリスおばさんは、このような、数かぎりない花々の色と形の大氾濫《はんらん》の中で、目も心も圧倒されてしまった。

それればかりではない。セーヌのそよ風に乗って、あまくふくよかな、うっとりとするかおりがただよいながれ、花の好きな善男善女を、別世界の恍惚《こうこつ》境にさそいこんでいた。

ハリスおばさんはもちろんのことだった。彼女はディオールのドレスを見るまでは、人生では花が真実いちばん美しいものだときめこんでいたのだ。

いま、ハリスおばさんは、ユリとオランダスイセンのかおりをすいこんでいた。フリージアのなんともいえない芳香もまじっていた。あちこちからこころよいかおりがながれてきて、そのゆたかな色とかおりの中を、ハリスおばさんは夢見ごこちでさまよっていた。

ところで、見おぼえのあるすがたが、この夢の世界を、ゆっくりした足どりで、たのしみながら歩いていた。ほかでもない、あのディオールのショーで、ハリスおばさんのとなりの席に腰をおろしていた、いかめしい顔の老紳士だった。

この紳士——シャサニュ侯爵は、きょうはあわい茶のスプリングコートをはおり、同色のこいめのホンブルグ帽をかぶり、うすい黄茶色の手ぶくろをはめていた。ふだんとちがってのびのびとした表情で、もじゃもじゃのまゆさえおだやかな風情だった。

その侯爵が、露でまだぬれている、みずみずしい花の小道をぶらぶら歩きながら、満足そうに花のかおりをすいこんでいた。

侯爵はここを散歩するのがならわしで、たまたま、この通いの家政婦のおばさんと行きあうことになったのである。老紳士はほほえみながら、まるで女王に会釈でもするかのように、帽子を軽くもちあげていった。

「やあ、これはこれは。花のお好きな、ロンドンのおかたでしたな。きょうは、こちらのほうへご散策ですか」

「はい、ここは、ちょいとした天国みたいでござんすね。もしわたしが人から聞いたって、この目で見なけりゃ信じなかったことでしょうよ」

ハリスおばさんはそう答えた。それから、つやのいい白ユリとグラジオラスをいっぱいに盛った大きなつぼに目をとめた。そのグラジオラスは、ふじ色、深紅、レモン色、ピンクなどに微妙に色づいている。かたいすべすべしたつぼみをつけていた。

ハリスおばさんはつぶやいた。

「あっ、そうそう、バターフィルドさんが、わすれずにゼラニウムに水をやってくれてるといいけど……」

「ほう、奥さんはゼラニウムをおつくりですか」

侯爵は上品に質問した。

「はい、二つの窓のところは、箱でいっぱいですし、べつに一ダースばっかし植木鉢があるんですよ。わたしは、すきまさえありゃ、手あたりしだいに鉢をつっこむんですよ。それがわたしの道楽なんでしょうね」

「ほう、それはそれは」

と、侯爵はつぶやいてから、

「ときに、ドレスをお買いもとめに来られたのでしたね。よろしいのが見つかりましたかな」

ハリスおばさんは、子どものように顔いっぱいでわらった。

「そりゃもう、たいしたものですよ。『ユウヤク』というドレスをおぼえておいでじゃございませんですかね。黒ビロードの生地に大きな黒いビーズ玉のかざりがついてましてね、胸のところになにやらピンクのふわふわしたものが……」

侯爵は思い出そうと、ちょっと考えこんでから、うなずいた。

「うむ、おぼえております。あの若い、たいそうべっぴんのモデルさんが着てござったあれですな。あの娘はと……」

「ナターシャさんですよ」

ハリスおばさんは、老紳士にかわって答えて、

「あの子はわたしの友だちでござんしてね。ドレスは、いませっせとつくっているところで、あと三日待たなきゃなりません」

「その間に、パリのこのような美しい場所をご見物になるとは、じつによろしいご趣味ですな」

「それじゃ、あなたも……」

と、ハリスおばさんはいいかけたが、やめにした。聞かなくても答えがどんなものか、ぴんときたからだった。

しかし、シャサニュ侯爵も、てれたようすはなく、しごくまじめな顔でこたえた。

「お察しのとおりですよ。わたしには、この世の美をたのしむ時も、のこりすくなになりましたからね。さて、日当たりのよろしいところへ行って、話でもしようじゃありませんか。あなたとわたしで……」

緑色のベンチに肩をならべて腰をかけ、心をうばう色彩と、うっとりさせる芳香の中で、フランスの貴族とロンドンの通いの家政婦さんは話をはじめた。このふたりの住む世界は、なにからなにまでかけはなれてちがっていたが、ただ、純粋で、人間味をゆたかにもっているという点は同じだった。だから、ぜんぜんつながりがないとはいえなかった。

侯爵は、みごとな肩書きと、ぬきんでた地位はあったが、夫人を失った男やもめだった。子どもたちも結婚して、手もとからはなれていった。ハリスおばさんも同様に、いまは孤独な後家さんだった――ハリスおばさんには、とつがせた娘がひとりあったが、美しく優雅なものへの自分の欲望を満足させるために、勇気をふりしぼった大冒険家というのが、ハリスおばさんの肩書きであった。ふたりは、やもめという点で、大いなる共通点があった。

ハリスおばさんは侯爵に、自分がゼラニウムを栽培しているほかに、週末になると、お得意さんからよく、「持ってお帰んなさい」といわれる切り花をもらって、自分の小さな地下室のアパートを明るくするという話もして聞かせた。そのお得意さんは、新しい花を買うと、しおれかけた花を、ハリスおばさんに「おさがり」させるのだった。

「それでわたしは、いただいたお花を大いそぎでうちに持って帰って、茎を切って水あげをして、底に一ペニー銅貨を一枚入れた、水のはいったつぼにいけてやるんですよ」

ハリスおばさんは、侯爵が、なんということはない、このちょっとした思いつきに、

さもおどろいたような顔をしたので、

「おや、知っておいでじゃありませんか。水の中に銅貨を入れてやりますと、花がしゃんと生きかえるんですよ」

侯爵は、感じ入っていった。

「なるほど、人間というものは、いくつになっても勉強せねばならん。これは真実ですな」

つづいて、さっきから興味をおぼえていた、ほかの話題にうつった。

「ところで、あなたはマドモアゼル　ナターシャと友だちになられたそうだが」

「はい、それがかわいい子でしてね。みんなからちやほやされて、のぼせあがりそうなもんなのに、そんなところはぜんぜんない、すなおな娘なんですよ。きっと、あなたさまのお嬢さまもそうでしょうが、きびしくしつけられたんでしょうねえ。

まったく、どの人も、親切な友だちばかりですよ。会計係のお若いフォーベルさん、――わたしはいま、このかたのお宅にとめてもらってますがね――それから、あのおきのどくなコルベールさん……」

「ほう、そのコルベールさんというのはどなたですかな」

こんどはハリスおばさんが、いかにも意外だという顔をしていった。

「知ってなさるでしょうが――女支配人のコルベールさんですよう――ショーに来てもいいとかわるいとか、きめなさるかたですよ。ほんとに親切なお人で……このエイダ・

アリスを、りっぱなおかたたちといっしょにすわらせてくださったんですからねえ」

「ああ、なるほど、あの人ですか」

侯爵は新たに興味をそそられて、

「あの人は、まれに見る勇気のある、誠実な心の人です。ところで、なにがおきのどくなのですかな」

ハリスおばさんは、そんなら、この話をぜひ聞いてもらわなくちゃと、もじもじおしりを動かして、居ごこちよくすわりなおした。

（やはりこのフランスのえらいじいさんも、ふつうの人と同じように、他人の難儀や不幸のうわさ話を聞きかじるのがお好きなんだね。イギリス人も、だれだってそうですよ）

ハリスおばさんは、侯爵の腕をぽんとたたくと、いかにもないしょ話をするときの声で、いそいそと話しはじめた。

「あれま、それじゃあなたは、コルベールさんのおきのどくなだんなさんのことを知っておいでじゃないのですかね」

「ご主人がおいでになるって？　ふむ、そして、そのご主人がどうかしたのですか。病気にでもなられたのかな」

「病気じゃないんですがね。――コルベールさんは、この話をだれにも話さないことにしてたんだけど、わたしにだけはうちあけたんですよ。わたしのように、つれあいをなくした女は、人の気持ちがよくわかるもんですからね。だんなさんは、二十五年間も同じ役所で……」

「あなたのだんなさん？」

と、侯爵がたずねた。

「あら、やだ。コルベールさんのだんなさんですよ。そのかたはお役所の中でも、きれるかただそうだけど、上の役にあきができるたんびに、いつも伯爵や金持ちのむすこさんに先どりされちまうんだそうですよ。もう、だんなさんは、つくづくいや気がさしてしまって、コルベールさんも、すっかり悲観しちまっているってわけなんです」

侯爵は、その事情がおぼろにわかってきた。なぜか、頭の底のほうが、得体のしれないもので、きりきりいためつけられているような気がした。ハリスおばさんの声は、マダム コルベールのかわりになって、マダムの秘めている苦しみを、口調までまねているようだった。

「そして、こんどもまた、上の役があいたんだそうだけど、口をきいてくれる人もいないし、引きもないから、ほとんどだめだろうってね。かわいそうにコルベールさんは目を赤くして泣いてなさいましたよ」

老侯爵のいかめしい口もとに、少年のように晴れやかな微笑がうかんだ。

「マダム コルベールのご主人は、もしや、ジュールという人ではありませんか」

ハリスおばさんは、この人は魔術師かしらというように、あっけにとられて老紳士を見つめた。

「どうしてわかりなさったんですね。そのとおりですよ。ジュールといいなさるそうです。知ってなさいますんですか。コルベールさんがいいなさるには、だんなさんは、縞《しま》ズボンのえらそうなお役人さんがたばになってかかってもかなわないほど、頭がいいということでしたよ」

侯爵は、こみあげてくる笑いをおさえていった。

「マダム　コルベールのいうとおりでしょうな。あのようなご婦人と結婚するほどの男であれば、賢明だということは、うたがいありませんからな」

侯爵は、しばらくじっと考えこんでいたが、やがて一枚の銅版刷りのりっぱな名刺を出して、裏に古めかしい万年筆で短い伝言をしたためた。名刺をひらひらさせてインキをかわかしてから、ハリスおばさんに、

「こんど、マダム　コルベールにお会いになったら、わすれずにこの名刺をわたしてくれませんか」

ハリスおばさんは、おもしろそうに名刺をひねくりまわした。名刺には、「**フランス外務省　特別顧問　侯爵　イポリット・ド・シャサニュ**」と刷ってあった。ハリスおばさんには、ちんぷんかんぷんで読めなかったが、ともかく、この話し友だちが、なにか肩書きのあるおえらがたらしいとだけは見当がついた。つぎに名刺の裏を見たが、伝言はフランス語の走り書きで、これもわからなかった。

「よござんすよ。わたしはすっぽぬけ頭だけど、わすれないようにしましょう」

教会の時計が十一時を打った。ハリスおばさんは、ベンチからとびあがってさけんだ。

「あれまあ、すっかり時間のことをわすれてましたよ。こりゃ、仮縫いにおくれっちまう。では、ごめんなさい。花びんに銅貨を入れなさることをわすれないでくださいよ」

侯爵は、ベンチにすわったままで、日ざしをあびながら、ハリスおばさんの後ろすがたを追った。顔には、いかにもここちよさそうな、感じ入った表情がうかんでいた。

ハリスおばさんはディオールの店へ行き、仮縫いをした。マダム　コルベールが、ドレスの仕上げについてお針子たちにさしずするために、仮縫い室にたちよった。と、ハリスおばさんは、きゅうに思い出して大声をあげた。

「そうそう、もうちょっとでわすれるところでしたよ。あの人が、あなたにわたすようにといいなさった……」

ハリスおばさんは、古ぼけたハンドバッグの中をかきまわして、例の名刺をひっぱりだし、マダム　コルベールにわたした。

女支配人は、厚手の名刺とその裏に書いてある伝言を読んで、はじめは顔に血をのぼらせて赤くなり、つぎに死人のように青ざめた。名刺を持っている指がふるえた。マダム　コルベールは、かすれた声でいった。

「どこでこの名刺を？　どなたがあなたに、この名刺をくださったのですか」

ハリスおばさんは心配そうな顔をした。

「あの、年よりの紳士のおかたですよ。せんだってのショーのときに、わたしのとなりにいなさった、胸のボタン穴に赤いバラをつけておいでだった人ですよ。きょう、その人と花市場で会いましてね、いろんなことをおしゃべりしたんですよ。でも、わるい知らせじゃないでしょうね」

「いいえ、いいえ」

マダム コルベールは、涙をおさえることができずに、ふるえる声でいった。そして、いきなり、わけもいわずにハリスおばさんのからだをしっかりだきしめて、

「あなたは、ほんとにすばらしいかたですわ」

とさけぶと、くるりと背をむけて、にげるように仮縫い室を出ていった。マダム コルベールは、だれもいない別の部屋に行った。ひとりっきりになって、はずかしがることも、気がねすることもなく、思うぞんぶん泣きたかった。思いがけない、うれしい伝言だった。名刺の裏には、こうしるしてあった。

「ご主人に、あす、わたしのところへ会いに来るようにお伝えください。たぶん、お力になれることと思います。シャサニュ」

第十一章

ハリスおばさんの夢のようなパリ滞在の最後の晩が来た。フォーベル君は、ハリスおばさんとナターシャのためにすばらしいお別れパーティーを計画して、ブーローニュの森にあるプレ・カトランという有名なレストランで、晩餐会《ばんさん》を開いた。

この店は、世界で最高のロマンチックな雰囲気をただよわせているといえそうだった。庭に大きく枝をひろげている、百五十年はたっているブナの老木があった。

その木かげで、しげった小枝に点々とつるされている、妖精《ようせい》の火のような電燈《でんとう》の光に照らされて、しゃれた音楽を聴きながら、ぜいたくなごちそうを食べ、最上等の酒をくみかわして、心ゆくまで一夜をたのしむ。フォーベル君の頭をしぼった計画だった。

ところが、たのしいはずのパーティーなのに、三人は、へんにうちしずんだ気分にとらわれていた。

フォーベル君は、タキシードを着て、えりには戦争でもらった勲章の略綬《りゃくじゅ》をつけ、たのもしく、りっぱに見えた。ナターシャは、ほっそりしたうなじと背をあらわにした、ピンクとグレーと黒のドレスをつけて、ひときわすぐれて魅惑的だった。

ハリスおばさんは、いつもの身なりだったが、ブラウスだけは新しくして、えりぐりの大きい、なかなか斬新《ざんしん》なレースのものを着ていた。のこりのポンドを奮発して買ったのだった。

ハリスおばさんもさびしい気持ちだった。たのしさと興奮と、ひやひやの大冒険に満ちていたパリの街と、このひとときの滞在とに、あすはいよいよ別れをつげなければならない。どんなに楽しいことでも、しょせんは、いつか終わりのときがくるのだが、また、わずかの間にこんなにしたしくなった人たちとの別れも、ひどくつらかった。

しかし、フォーベル君とマドモアゼル　プチピエールの胸にわだかまっている憂鬱《ゆううつ》は、もっと重くるしくて暗かった。ふたりはそれぞれ、（ハリスおばさんが帰ってしまったら、ふたりをこの一週間むすびつけたロマンチックな物語も終わりとなってしまう）と思っていた。

ナターシャは、プレ・カトランの店ははじめてではなかった。ナターシャは、金持ちのおとりまきに連れられて、何度もここへ来ていた。彼女は、そんな連中に格別好意を持ってはいなかった。連中は、それダンスだ、やれ食べ物はどうですと、長くひっぱるし、そのわずらわしさを、じっとたえていなければならなかった。

けれどもいまナターシャは、たったひとりだけ、ある男性にしっかり抱かれて心ゆくまでおどりたいと、しんから思っていた。こんなことは、いままでにないことだった。その男性とは、いまこうやってむかいあって、むっつりとだまりこんでいるフォーベル青年だった。

ふつうなら、どこの国でも、若い男女は、格別めんどうなこともなく、たがいに合図やことばをかわして、相手を見つけるものだ。けれども、このふたりは、フランスの同じ程度の家に生まれていながら、落ちついた、いくぶんしかつめらしい家に育った。そのしつけがじゃまになっていた。

妖精の火がロマンチックにゆらめいて、星はかがやき、音楽もながれていて、おぜんだては申しぶんなくととのっているのに、フォーベル君とマドモアゼル プチピエールは、たがいに心をうちあけることもなく、すれちがって別れようとしているのだった。

フォーベル君は、熱っぽくうるんだまなざしで、ナターシャをじっと見つめていた。そして、(このはなやかなレストランの雰囲気こそ、ナターシャにはいかにもふさわしいのだ)と思っていた。

(このような場所で、はでで陽気な金持ち連中にとりまかれていてこそ、ナターシャのかがやきも、いっそうはえるというものだ。ぼくのような、融通のきかない、無骨な人間が愛をうちあけたところで、おかどちがいでなんともなりはしない。

ぼくは、しがないサラリーマンだ。こんなにはなやかなレストランにはいったことは、これまでに一度もなかった。いま、よくよく考えてみると、ナターシャはただ、ハリスおばさんが好きなので、ぼくとも愛想よくつきあってくれているにすぎないのだろう)

――フォーベル君は、そう思った。

このディオールの店のスターである魅力的な女性と、小ちゃなそうじ婦のおばさんとの間に、奇妙な友情が芽ばえていることはわかっていた。フォーベル君にしても、ハリスおばさんをたまらなく好きになっていた。このイギリス婦人には、人の心にふれてくるなにかがあるように思われた。

一方、ナターシャは、自分のようなものは、アンドレ・フォーベルさんの好ましい暮らしぶりなどからは、しめ出されてしまう人間だと思いこんでいた。

ナターシャがいちばんひかれ、そうなりたいとねがっているのは、フォーベル君の家庭にただよっている、じみな、気品のある雰囲気の中に住むことだが、そこは、自分のような仕事についている女をよせつけそうにない。

（フォーベルさんは、世間からちやほやされ、軽はずみと見られて、名まえは知れわたっているのにちゃんとした財産もない女とは、ぜったいに結婚してくださらないわ。フォーベルさんは、友だちや知りあいで、あの人に似たような中産階級の家庭の、善良で質素な娘さんを選んで結婚なさるだろう。

ひょっとしたら、いま旅行中の妹さんが、おにいさんの家庭にふさわしい娘さんを選ぶのじゃないかしら。フォーベルさんは、刺激のない平穏無事な、つつましい家庭をきずいて、たくさんの子どもにもめぐまれ……）

そんなしずかな生活の日々の中に妻として落ちついて、この人のためにたくさんの子どもをうみたいと、ナターシャは、どんなにあこがれていることだろう。

バンドは、心もはずむチャチャチャのリズムをかなでていた。テーブルには、シャンペンのびんが置いてあった。三人は、とびきり上等のシャトーブリアンと、つぎの料理がくるのを待っていた。まわりの人々は、そろって陽気に話しあっていた。けれども、この三人は、重くるしくだまりこくって腰をおろしていた。

ハリスおばさんは、気のめいりをふりはらって、三人の上に祝福されている人生と美を喜びあおうと、気をとりなおした。と、若いふたりのようすに気がついたのである。

（こりゃ、なんとかしてやらなくちゃ）

そこで、いった。

「あんたたち、おふたりでおどったらどうです」

フォーベル君は、さっと顔を赤らめた。そして、もう長いことおどっていないので、というようなことをつぶやいた。じつは、おどりたくてたまらなかったが、ナターシャが、気のむかない男とおつきあいでおどらなければならないのはきのどくだと思ったのだった。

「わたしもおどりたくないわ」

ナターシャもいった。本心は、いまフォーベル君とおどれるものなら、なにも惜しくはないくらいの気持ちだったが、フォーベル君のほうで、はっきりと、こうしているのは通りいっぺんのおつきあいで、それ以上ふみこんだ交際はしたくないという気《け》ぶりをしめしているのだ。だから、仕事とか、礼儀の上で必要なつきあいだけで、それをはみだしてめいわくになることをしてはわるいと思ったのだった。

しかし、ハリスおばさんの地獄耳は、このふたりの返事の中に、まぎれもなく、心にもないことをいっている、絶望のうつろなひびきを感じとったのである。ハリスおばさんは、すばしこい小さな目をふたりに走らせて、そのようすをことこまかに観察した。

「こりゃ、ま、あんたたちはどうしたんですね」

「どうもしませんよ」

「ええ、どうもしてませんわ」

ふたりは、なにごともないことを証明するように、おたがいの視線をさけながら、陽気をよそおった返事をしたが、その陽気さもつかのまで、ふたたび、前より重くるしい沈黙に落ちこんでいった。

「そうかねえ。わたしゃ、なんとおっちょこちょいなんだろう。わたしゃ、あんたがたふたりは、とうのむかしに話ができているもんだとばかり思ってましたよ」

ハリスおばさんはそういって、フォーベル君のほうにむきなおった。

「あんたの口についている舌は、体裁だけのもんですかねえ。なにをもたもたしてなさるんですよう」

フォーベル君は、頭の上でともっている妖精の電球のようにまっかになって、どもった。

「いや……そのう……ぼく……ぼくは……。ナターシャさんは、とうてい、ぼくみたいな……」

つぎにハリスおばさんは、ナターシャのほうにむきなおった。

「もちょっとどうにかならないもんでしょうかねえ。わたしどもの若い時分にゃ、娘っ子が、これはと思う若い衆をめっけたときにゃ、すぐに、相手にその気持ちをしぐさでわからせたもんですよ。わたしが、どんなぐあいにして、連れ合いを射とめたと思いなさるね」

美しい漆黒の髪をしたナターシャの頭上には、ちょうど青白い電球があって、光を投げかけていたのだが、ナターシャは、さらに青白くなった。

「でも、アンドレが……」

ナターシャは、カの鳴くような声で答えた。

「なにをいってなさるんですよっ。わたしの目は、だてについちゃいませんよ。あんたたちふたりは、好きあってるにきまってます。それなのに、なんだって、あっちゃとこっちゃに、そっぽをむいているんですね」

フォーベル君とナターシャは、せきを切ったように同時にいった。

「でも、アンドレが……」

「でも、この人が……」

ハリスおばさんは、いたずらっぽく、くすくすわらった。

「ばかはおいいでないよ。好きあってるのをわたしゃお見とおしですよ。そうでしょ。そのくせに、なにをぐずぐずいってるのさ」

若いふたりは、はじめてまともに目と目を合わせて、相手の目の中にかがやいているものを読みとった。ふたりは相手を見つめて、やっと、希望と愛にあふれた、明るい表情に変わった。ナターシャの澄んだ、ぱっちりしたひとみに、うれし涙がきらりと光った。

「ではね、わたしゃ、ちょいと失礼」

ハリスおばさんは意味ありげにいった。

「お手洗いに行ってこようっと」

そして、ちょこちょこと休憩室《パビリオン》のほうへ行ってしまった。

十五分はたっぷりかけて、ハリスおばさんが席にもどってきたとき、ナターシャはフォーベル君とおどっていた。フォーベル君の腕にしっかりだかれ、頭をフォーベル君の胸にもたせかけて、その顔は、涙にぬれていた。

ふたりは、ハリスおばさんがテーブルにすわったのを見ると、すぐにかけよってきて、ハリスおばさんに手をかけた。フォーベル君が、しなびたリンゴのほおのかた側にキスをすると、ナターシャが、もう一方のほおにキスした。それからナターシャは、ハリスおばさんの首にだきつき、すすり泣きながらささやいた。

「わたし、しあわせで、しあわせで……。アンドレとわたしは、いよいよ……」

「ほうほう、そりゃよござんしたね。では、ちょっくらシャンペンをぬいて、お祝いをしましょうかね」

三人はそれぞれ、グラスをあげた。それを境に、その晩は、ハリスおばさんが生まれてこのかたなかったほどの、にぎやかな、明るい、幸福な夜となった。

第十二章

ついに「誘惑」が仕立てあがる日の朝となった。ハリスおばさんが宝物を受けとるときが来た。宝物はていねいに包み紙にくるまって、金文字で大きくディオールの名のはいった、りっぱなボール紙の箱におさまった。

昼近く、ディオールのサロンには、ハリスおばさんのために、かなりたくさんの人があつまっていた。ハリスおばさんは午後の旅客機で出立する予定である。どこからかシャンペンのびんがはこばれてきた。マダム　コルベールのすがたもあった。ナターシャもフォーベル君もいた。

それから、仮縫い師や裁断師やお針子さんたちなど、ハリスおばさんの服を記録やぶりの短時日のうちに仕上げるために、けんめいに、忠実に働いてくれた人々が、みなあつまっていた。

一同はハリスおばさんの健康を祝し、道中の安全を祈ってシャンペンをぬいた。それから、贈り物がおくられた。マダム　コルベールは、わに革のハンドバッグ、フォーベル君は腕どけい、ナターシャは手ぶくろと香水を……。

マダム　コルベールは、ハリスおばさんの両手をとってだきしめ、キスしてささやいた。

「あなたは、わたしにとって、ありがたいありがたい幸運の神でしたわ。そのうちにきっと、わたしの主人のことで、大きなニュースをお知らせすることができます」

ナターシャも、ハリスおばさんをだきしめていった。

「おばさんのおかげで、しあわせになれたことを、けっしてわすれませんわ。わたしたちは、秋に結婚することにきめましたの。子どもができたら、おばさんが名づけ親になってくださいね」

アンドレ・フォーベル君は、ハリスおばさんのほおにキスをすると、会計係にふさわしく、気をつかった。

「だいじょうぶですか。税関にはらうお金は、安全なところにしまってありますね。ちゃんとしまっておいてくださいよ。財布の中にはどっさりお金を入れておかないほうがいいな。ひったくられたらおしまいですからね」

ハリスおばさんは、愛敬《あいきょう》のある欠けた歯をはっきりと見せて、いらずらっ子のようにわらった。生まれてこのかた、はじめてたっぷりと栄養をとったように、心から安らかに、しあわせだった。そのせいか、何十年も若がえったように見えた。

ハリスおばさんは、マダム コルベールにもらった、わに革の新しいハンドバッグをあけて、旅券と、旅客機の切符と、たった一枚の緑色のポンド紙幣と、五百ポンドの勘定書きと、空港までのバス代にするわずかばかりのフラン貨ののこりを見せた。

「これっきりですよ。だけど、うちに帰るには、これでたくさん。ひったくられるものなんかありゃしません」

「いや、ちがいます、それでは……」

フォーベル君は、とつぜん不安におびえて、声をふるわせた。サロンにそろっている人たちも、おおいかぶさってくる災厄の影におびえたように、不安そうにしずまりかえった。

「ぼくのいうのは、イギリスの税関にはらう税金のことです。弱ったなあ、ドレス代一ポンドについて六シリングとられます。用意はしてないんですね」

会計係は、すばやく暗算した。

「全部で百五十ポンドになります。これだけの税金をはらわなければならないことを、ごぞんじではなかったのですね」

ハリスおばさんは、ぼうぜんとしてフォーベル君を見つめた。一瞬のうちに二十歳はふけこんでしまったようだった。ハリスおばさんは、かすれた声をあげた。

「あーあ、百五十ポンドも！　もう、さか立ちしたって十シリングだって出やしないのに、どうして、だれもそれを教えてくれなかったんでしょうね」

マダム　コルベールが、やっきになってフォーベル君にくってかかった。

「アンドレ、なにをいってるのよ、ばかばかしいわ。いまどき、だれが税関なんかにお金をはらうものですか。おえらがたのご夫人たちや、お金持ちのアメリカ人が、税関に税金をまともにはらっているとでも思っているの。だれだって、こっそり持ちこんでるわ。

だから、ハリスおばさん、あなたも、ドレスをこっそり持ちこんでおしまいなさい」

ハリスおばさんの小さな青い目は、おどろきおびえ、みるみる、涙でいっぱいになった。

「でも、そりゃ、うそをつくことになるんでしょうねえ」

ハリスおばさんは、泣きそうな表情で、人々の顔をつぎつぎに見まわしながらいった。

「わたしゃ、作り話の一つや二つぶつのはかまわないけれど、うそは、とてもつけやしない。それは法律をやぶることになるからね。そんなことをしたら、牢屋《ろうや》に入れられちまう……」

そして、フォーベル君のいったことと、その恐怖の実体がわかりはじめると、ハリスおばさんはいきなり、へなへなと灰色のじゅうたんの上にすわりこんでしまった。そして、仕事にあれた両手で顔をおおって、絶望のあまり、おいおい泣きだした。その声を聞きつけて、ディオール御大《おんたい》までが、なにごとがおこったかと、サロンへいそいでやって来た。

ハリスおばさんは、泣きじゃくりながらいった。

「わたしにはやっぱり、ドレスなんか持てやしないんだ。わたしのようなものにゃ、ふさわしくなかったんだよ。自分ちゅうものを、もっとよく考えなきゃいけなかったんだよ。——これは、持っていって——どこかへやってしまっておくれ。わたしは、うちへ帰って、こんなことはわすれてしまおう」

ハリスおばさんが一大難関にぶちあたったといううわさは、野火のように建物じゅうにひろまった。税関をごまかすことに興味や趣味がありげな、知恵達者の専門家が、ほうぼうからあらわれて思案してくれた。

その中には、直接、イギリス大使に嘆願書を出したら、という案もあらわれた。しかし、「イギリスは、法に関してはきびしすぎるほど厳然としている。たとえどんなことであろうが、また、大使であろうが女王さまであろうが、この問題の中にわりこんできて、融通がつけられるものではない」という異議が出て、この案はうちきりとなった。

この難問題の解決のために、ききめが早い、また寛大な提案をしたのは――すくなくとも、これこそ解決策だと自他ともに思われた――店主クリスチャン・ディオール氏その人だった。

「このお客さまのドレスの値段を割引して、その割引分を現金でおわたしもうしあげ、税金がはらえるようにしてさしあげなさい」

と、ディオール氏は、会計係のフォーベル君に命じた。

「しかし、ご主人」

会計係は、彼自身、たったいま、恩人がまさに容易ならぬ窮地におちいっていることに気づいて、ぞっとしたのである。

「それが、だめなのです」

サロンの一同は、フォーベル君を、毒のある爬虫類《はちゅう》かなにかのようににらみつけたが、フォーベル君はつづけなければならなかった。

「お気づきになりませんか。ハリスさまは知らないうちに、イギリスの法律に違反して、イギリス内でアメリカの友人にドルの入手をおたのみになり、交換した千四百ドルのドル貨を国外へ持ち出されました。

いま、このハリスさまが空港の税関に出頭して、五百ポンドの服を申告し、その税金をはらおうとされたら、さらに、千四百ドルに対する罰金の支払い命令が出されるでしょう。イギリス人であるハリスさまが、どうしてドル貨を入手されたかという調査もされて、きっと、ごたごたが……」

サロンの一同は、きのどくな会計係を、さながらキングコブラであるかのように、いまわしげに見つめていた。しかし、フォーベル君のいっていることがあやまっていないことも、みとめないわけにはいかなかった。

「わたしゃ、国へ帰って死んじまうよ」

と、ハリスおばさんは泣きわめいた。

ナターシャは、ハリスおばさんのそばに行って、両手をかけた。その声音は、悲しみをともにして、バベルの塔のように上へ上へと調子をあげていった。

そのとき、マダム コルベールは、なにかに、さっとひらめいた。

「待って。いい考えがあるわ」

そうさけぶと、マダム コルベールは、ハリスおばさんのそばにひざまずいた。

「ね、聞いてくださいよ。こんどはわたしが、幸運の神さまになれそうよ。あなたがわたしの幸運の神さまだったようにね」

ハリスおばさんは、顔をおおっていた両手をひろげた。すると、カプチンザルのようにくしゃくしゃの顔があらわれた。

「わたしゃ、不正直なことはできませんよ。うそをつくこともいやです」

「いいえ、わたしを信じてくださいね。あなたはただ、ほんとうのことだけをおっしゃったらいいの。だけど、それは、わたしのいうとおりにして、それこそ、ほんとうのことをいわなくてはいけないことよ。ここにいる人は、みんなが、あなたがこの美しいドレスをお国に持ち帰れるようにねがっているんですからね。さあ、いいこと？」

そういって、マダム コルベールは、ハリスおばさんの小さな、おサルに似た耳に口をつけて、なにごとかをひそひそとささやき、秘策をさずけた。

ほどなく、ハリスおばさんは、イギリスはロンドン空港におりたち、税関の建物の中にはいっていった。ハリスおばさんは、自分の心臓の、早鐘のようにわめきひびいている鼓動が、あたりに聞こえているにちがいないと、びくびくしていた。

けれども、若くて愛想のいい税関吏が、ハリスおばさんのところへまわってくるころには、ハリスおばさんの小さな目は、先を見こしてたのしんでいるかのように、いたずらっぽくきらめいていた。生来の勇気と快活さがよみがえってきたのである。

ハリスおばさんの前にある台の上には、みごとなディオールのボール箱とはちがって、大きな、つかいふるしの、安物のビニール製のスーツケースが乗っていた。係員は、一枚のカードをハリスおばさんにわたした。それには、外国で買ってきた物品で、課税される品目が、ずらりと印刷してあった。

「あんた読んで聞かせておくれよ。わたしゃ、めがねを家に置いてきちまってるもんでね」

ハリスおばさんは、無遠慮に、にたにたとわらった。税関吏は、品定めするようにハリスおばさんの身なりを一瞥《いちべつ》した。緑色の麦わら帽子のピンクのバラの花が、彼にむかってぴょこぴょことおじぎをした。税関吏はひと目で、このおばさんの職業を見ぬいた。彼は、ほほえんでいった。

「やあ、おばさんは、パリでなにをしてきました？」

「ちょい、パリ見物としゃれこんだんですよう」

税関吏は、にやりとした。

（はてな、これは意外なことだよ。ロンドンのそうじおばさんが、飛行機でパリ見物とはね。ほうきとはたきの商売は、景気がよいのかね）

それから、おきまりの質問をした。

「なにか、むこうで買いましたか」

ハリスおばさんも、にやりとわらった。

「買ってきたどころのさわぎじゃありませんよう。このスーツケースの中には、れっきとしたディオールのドレスがはいっているんだからねえ。『ユウヤク』といってね、五百ポンドもするんだからねえ。おったまげなさっただろう」

税関吏は、大声をあげてわらった。ロンドンの通いの家政婦さんのユーモア精神に出くわしたことは、これがはじめてではない。

「へえ、おばさんがそのドレスを着たら、舞踏会の女王になることはうけあいだな」

そういうと、その税関吏は、スーツケースの横腹に、チョークで検査済みのしるしをつけた。そして、ゆっくりと、つぎの旅行客が手荷物をならべて待っているほうへ行って、さっきの課税品目表をさしだしたのである。

ハリスおばさんはスーツケースをさげると、わあっとさけんでかけだしたいのをこらえて、ゆっくりと出口のほうへすすんでいき、エスカレーターでおりて、自由の世界へとはいっていった。ハリスおばさんの心の中には、やれやれと胸をなでおろす気持ちとともに、自分は正しかったのだ、という誇りもあった。

（わたしゃ、ほんとうのことをいったんだからね。あの税関さんが、わたしのいうことを信じなかったにしろ、そりゃ、コルベールさんがいったように、わたしのせいじゃありませんよ）

第十三章

ロンドンのうららかな春の日の午後四時に、最後の難関を無事に突破し、「誘惑」が、まちがいなく自分の持ち物となったハリスおばさんは、ウオータールー・エア・ターミナルの外に立っていた。とうとう帰ってきたのだ。

しかし、ハリスおばさんに、ただ一つ気がかりなことが待っていた。それは、女優のミス パミラ・ペンローズと、そのアパートのそうじがうまくいっているかという、まあ、いわば、とるにたらないことであった。

ハリスおばさんのほかのお得意さんは、みな金持ちだったが、この娘っ子だけは貧乏で、世に出ようとやっきになっている。

(もし、バターフィルドさんがちゃんとやっといてくれなかったら、ちょいと、ことだね)

時間はまだ早い。ミス ペンローズのアパートの鍵《かぎ》は、スーツケースから出した新しいわに革のハンドバッグにはいっている。ハリスおばさんは心の中でいった。

(神はまずしい人を愛しなさる。だから、エイダ・アリスや、時間はまだたっぷりあるし、それに、あの子は、まただれか、えらいお客さんを招待することにしているかもしれないよ。ちょいとだけアパートに寄って、部屋をかたづけて、びっくりさせてあげた

らどうだろうね）

ハリスおばさんは、その方面へ行くバスに乗って、まもなくミス　ペンローズのアパートにつき、ドアの鍵をさしこんだ。ハリスおばさんがドアをあけるなり、ミス　ペンローズのすすり泣く声が聞こえてきた。ハリスおばさんは、大いそぎで階段をあがって、小さな居間へ行ってみた。と、ミス　ペンローズが、長いすの上につっぷして、しくしく泣いていた。

ハリスおばさんは近よって、泣きじゃくってふるえている肩の上に、やさしく手をのせた。

「あれ、まあ、あなた、どうしました。しっかりするんですよ。こまっていることをいってごらんなさい。わたしにできることなら、力になりますよ」

ミス　ペンローズは、身を起こしてくってかかった。

「あんたが力になるって！」

彼女は、泣いてはれあがった目でハリスおばさんをにらみつけてくりかえしたが、すこしやさしい口調になった。

「ハリスおばさん、あたしをたすけてくれる人なんか、世界にひとりだっていやしないわよ。死んでしまいたいわ。おばさんにならきっとわかってもらえると思うけど、あたしはレストラン　カプリスで、プロデューサーのコーンゴールドさんとお食事をすることになっているの。

これは、あたしにもう二度とやって来ないチャンスなのよ。あたしはどうしても、コーンゴールドさんにみとめられて、出世しなくちゃ。コーンゴールドさんの女友だちは――女友だちはよ――たいてい、みんなスターになってるのよ」

「そうですかい。そんなら、なにも泣くことはないですがね。だいじょうぶ、あんたはスターになれますよ」

ミス ペンローズの気持ちは、悲しみから一瞬のうちに怒りにかわって、どなった。

「気やすくいわないでよ。わかりもしないくせに。あたしは、行きたくても行けやしないわ。着ていくものがないじゃないの。あたしの一張羅《いっちょうら》のドレスは、クリーニングに出ているし、もう一枚のほうには、しみがついてるわ。コーンゴールドさんは、連れて歩く女の子の身なりには、たいへんうるさいのよ」

ところで、もしもいま、あなたがハリスおばさんだったら、あなたは、ロンドンへうまいこと持ち帰った、ビニールのスーツケースの中にあるどえらいものをつかって、この娘に、シンデレラに出てきた親切な魔法つかいのおばあさん役を演じてやりたいという気持ちにならないものだろうか。

ことに、あなたがまだ、ナターシャのすなおなやさしさや、マダム コルベールやそのほか大勢の人々の、善意にあふれた親切に、あたたかくいたわられた夢からさめていないとしたら。しかも、ミス ペンローズが、念願をかなえられそうにもなく、目の前でもだえているとしたら……。

ハリスおばさんは、自分でも気づかないうちに、ことばのほうが先にとびだしていた。

「わかりましたよ。こうしたらどうでしょうね。わたしのディオールのドレスを貸してあげてもいいですよ」

「あんたの、なんのドレスだって？　あんたはいったいなによ。からかわないでちょうだい」

ミス　ペンローズの小さな口はひんまがり、目は怒りでつりあがった。

「からかってやしませんよ。ちょうどうまいぐあいに、いま、パリからもどってきたばっかりでね。わたしゃ、ディオールのドレスを買ってきてるんですよ。もし、コーンゴールドさんとかとのお約束のことで、あんたのお役にたつのなら、今晩、そのドレスを着ておいきなさいよ」

ペンローズ、本名ミス　スナイトは、通いの家政婦というものは、あなどりがたい人種であるということに、ふと気がついたので、かんしゃくをのみこんでいった。

「あら、すまなかったわね。悪気があってつっかかったのじゃなくてよ。でも、そんなことが――それはいったい、どこにあるのよ」

「ここですよ」

ハリスおばさんはスーツケースをあけた。ミス　ペンローズは、驚きと喜びで息をつまらせ、おおぎょうな身ぶりをした。

「あら――あら――とても信じられないわ」

そうさけんで、またたくまに包み紙の中からドレスをひっぱりだすと、つるしてながめ、胸にだきしめ、飢えているように指をふるわせて、ディオールのマークをさがしあてた。

「わあ、ほんもののディオールのドレスじゃなあい。ハリスおばさん、あたし、いま、これを着てみてもいいかしら、あたしたち、同じくらいの背かっこうだもん。……そうだわね？　ああ、あたし、胸がどきどきしすぎて死んじまうわ」

ハリスおばさんは、待たせることなどはしなかった。すぐに、ミス　ペンローズに手を貸して、ドレスを着せてやった。そして三、四分後には、衣装は、それがつくられたときの使命どおりに、若い娘をひきたてた。シフォンとチュールの中から、美しい肩と金髪の頭があらわれ出て、海から生まれ出るといわれる美の女神ビーナスのようにも、また、くしゃくしゃのベッドから起き出たミス　ペンローズのようにも見えた。ハリスおばさんと女優のたまごは、衣装戸だなの大きな鏡にうつっているすがたに、うっとりと見入った。ミス　ペンローズはいった。

「ほんとに、あんたっていい人ね。あたしにこれを貸してくれるんだもん。くれぐれも気をつけて着るわ。これがあたしにどんなにたいせつなものか、あんたにはわかりゃしないわよ」

なんの、ハリスおばさんにはよくわかっていた。それに、こうなってみると、運命が、この美しい芸術品を衣装戸だなにつくねんとしまっておくのではなく、着てもらって、だれかれに見てもらいたいとねがっているような気がした。おそらく、それがいちばんいいことだろう。ハリスおばさんは、たった一つの希望を申し出た。

「わたしがそのレストランの表にそっと行って、あんたがそこで食事をなさるところを見せてもらっても、かまわないでしょうかね。もちろん、話しかけたりなどはしませんよ」

ミス　ペンローズは愛想よくいった。

「かまわないわよ。入り口のドアの右側に立ってなさいよ。そしたら、あたしがコーンゴールドさんのロールス・ロイスからおりたとき、あんたのほうをむいて、すこしでもよく見られるようにしてやるわ」

「そうしてもらえたら、ありがたいですよ」

ハリスおばさんは心からいった。

ミス　ペンローズは、約束どおりにした。しかし、半分ばかりまもっただけだった。ひどく天候がわるくなって、夜の九時半に、そのロールス・ロイスがレストラン　カプリスの前に横づけになったときには、雷が鳴り、雨が横なぐりにたたきつけていた。ハリスおばさんは、入り口の右側のテントの中で、いくらか雨がよけられる場所に、ちょこんとたたずんでいた。

ロールス・ロイスからおりたミス　ペンローズは、一瞬立ちどまってハリスおばさんのほうをむき、かき合わせているコートをぱっと開いて、

（どうお）

というふうに、首をかしげて見せた。それから、金髪の頭をつんと立てると、そそくさと入り口にとびこんでいった。ハリスおばさんは、黒いビーズ玉と、あわのようなピンクと、あわいクリーム色のシフォンとチュールを、ひと目ちらりとおがませてもらった。それで終わりだった。

しかし、ハリスおばさんは、それだけで幸福だった。しばらくそこに立ったまま、満足したまなざしで、ぽかんと空想にふけった。

給仕長は、エイダ・アリスのドレスに対して、ていねいにおじぎをし、あのドレスを最上等の席へ案内することだろう。まわりにいる女の人たちは、ひと目で、あれがディオールのドレスだと気がつく。あの芸術品がテーブルの間を通っていくにつれて、みんなの視線もそれについて移動していくことだろう。

ビロードのスカート、落ちつきのある黒いビーズ玉が、心をまよわせるように、ちかちかきらめくだろう。そして、ふくよかな若い胸、あらわな肩と腕、ピンク色に上気した白い顔が、すばらしいドレスの上部に、くっきりとうかびあがっているだろう。コーンゴールド氏は、自分の連れの身なりに鼻高々で、おおいに満足して、そんなりっぱなドレスを着てきた美しい娘に、（つぎの作品でいい役をわりふってやろう）と思うにちがいない。

そしてまた、そこにいる大勢の人たちの目をみはらせ、賛嘆のため息をつかせた、世にも傑出したドレスが、バタシーはウィリスガーデンズ五番地に居住する、ミセス エイダ・アリスその人の最高の所有物であることを知っているのは、ミス ペンローズしかなく、そのミス ペンローズは、こうやって街路にぽつねんと立っているひとりぽっちの自分のことを、心のかたすみで、ちらりちらりと思いうかべてくれているだろう。

ハリスおばさんは、レストランの前をはなれると、ひとりでにこにこしながら、長い道のりをバスで家にむかった。後はバターフィルドおばさんにどう話すかという問題がのこっているばかりだった。バターフィルドおばさんがドレスを見たがるのはもちろんのことだろうし、話もくわしく聞きたがるだろう。

ところが、いろいろとこんぐらかった気持ちになって、ハリスおばさんは、ドレスをミス ペンローズに貸したことを、バターフィルドおばさんに白状しにくかった。

しかし、家につくまでに、じょうずな解決法をひねりだした。ちょっとごまかしをやって、くたくたにつかれているということにしたら、バターフィルドおばさんに退散ねがうこともできるだろう。ほどなく、ハリスおばさんは、バターフィルドおばさんの大波のような胸の中ふかく、だきしめられた。ハリスおばさんはいった。

「やあれやれ。わたしゃ、すっかりくたびれちまってねえ。指で目をこじあけてなきゃならないほどなんだよ。それに、きょうはもうおそいし、お茶はのまないで帰ることにするよ」

「まあ、かわいそうに……」

と、バターフィルドおばさんは、すぐにつりこまれて、

「じゃあ、ひきとめはしないよ。だけど、ドレスだけは見せておくれよ、ねえ」

「服は、あした来るんだよ」

あす、ハリスおばさんの手にもどるのだから、半分はほんとうのことをいったのだ。

「そのときに、くわしい話をして聞かせるよ」

ひさしぶりに、わが家の自分のベッドにもぐりこんだハリスおばさんは、念願がついにかなえられた、こころよい満足感にひたった。そして、あす、どんなことがもちあがるか、夢にも考えずに、深い眠りに落ちていった。

第十四章

ハリスおばさんが、ミス　ペンローズのアパートをそうじすることにしていたのは、夕がたの五時から六時までの間だった。

あくる日、ハリスおばさんは、何軒ものお得意さんの家で働いていながら、ミス　ペンローズのアパートへ行く時間が来るのを、わくわくしながら待っていた。

お得意さんたちは、もどってきたハリスおばさんにうれしそうな顔もしないで、留守が長びいたことへのぐちをこぼした。でもハリスおばさんはすぐにお得意さんたちと、よりをもどした。

ついに、待ちに待った時間が来た。ハリスおばさんは、広い土地を占有していた大邸宅の裏手の馬小屋だったという歴史を持つ、ミス　ペンローズの小さなアパートへいそいだ。そして、せまい階段の下でひと息入れた。

けれども、ドアをあけたとき、まず、肩すかしの失望を味わった。部屋は暗く、しんとしていた。ハリスおばさんは、ディオールのドレスによって勝利をかちとり、コーンゴールド氏がそのドレスにどんなに度肝をぬかれ、ひきつけられたかを、とっくりと、ミス　ペンローズから聞かせてもらいたかったのだ。

と、このまっ暗な部屋の中で、異様なにおいがハリスおばさんの鼻をうった。ハリスおばさんは、ぎくりとした。頭の皮を恐怖の針でちくちくさされるような、いやな感じがした。そのにおいが、へんなことに、まんざら知らないにおいではなかった。そう——それは戦時中のロンドンの記憶をよびさました。——高性能爆弾の雨と、町がいちめんの火の海になった、あのころのことを……。

ハリスおばさんは、階段をのぼりきったところで、入り口と居間の電燈《でんとう》のスイッチをひねった。そして、部屋にはいっていった。が、たちまち、ぎょっとして立ちすくんで、ぼうぜんと自分のドレスのむざんな残骸《ざんがい》を見つめたのだった。そして、そのドレスが発散しているにおいが、ロンドンに焼夷《しょうい》弾のふりそそいだ夜のことを思い出させたのだと気がついた。

ディオールのドレスは、散らかしほうだいの部屋のいすの上に、ぽいとほうりだしてあった。スカートの、ビロードのパネルが焼けこげていた。ビーズはとけ、布地は黒く焼けこげて、みにくい、むざんなさまとなりはてていた。

ドレスのそばに、一ポンド札が一枚と、なぐり書きの手紙が置いてあった。ハリスおばさんは、便箋《びんせん》を手にとったものの、読めないほど指がふるえた。だが、やっと、書いてあることがわかってきた。

ハリスさん、あたしの口から説明できないので、たいへん残念だけど、あたしはちょっと旅行するのよ。ドレスのこと、ごめんなさい。けれど、あたしのせいじゃないわ。コーンゴールドさんがいそいでたすけてくれなかったら、あたしは焼け死んじまうところだったわ。きわどいところだったと、あの人もいったのよ。

食事がすんでから、クラブ ナンバー30へ行って、鏡の前で髪をなおそうとしたら、足もとに電気ヒーターがあって、ふいに燃えついたの。ドレスがよ。あたしも焼け死ぬところだったわ。ドレスはたぶん、店で修理してくれるでしょうし、費用は、あなたがつけている保険がきくと思うわ。傷んだ箇所は、パネル一枚だけなんだから、たいしたことはなくてよ。

あたしは一週間ばっかし、部屋をあけます。部屋は、いつものようにそうじしといてね。その間のお給料として、一ポンド置いときます。


ハリスおばさんは、手紙を読みおえた。泣かなかった。ぐちもこぼさなかった。傷んだドレスをたいせつにたたんで、もう一度、ビニールのスーツケースにしまった。このスーツケースは、マダム コルベールの衣装戸だなの中にしまってあったのを出してきて、ハリスおばさんにくれたものだった。ハリスおばさんは、手紙と一ポンドのお札は、そのまま長いすの上にのこして、階段をおり、通りに出た。

ハリスおばさんは、通りに面したドアのところで立ちどまると、もう二度とつかうことのない、ここのアパートの鍵《かぎ》を、自分の鍵輪からはずして、ドアの郵便受けに投げ入れた。それから、家に帰るバスの停留所があるスローンスクエアまで五分ほど歩いた。

ハリスおばさんのアパートの中は、しめっぽく、冷えびえとしていた。ハリスおばさんは、いつものくせで、やかんをかけ、それから、いつもやっているさまざまのことを、機械的にしおわった。食事もとったが、なにを食べているものやら、味もわからなかった。皿をあらい、すっかりきれいにかたづけた。すべて、自動的に終わったもののようだった。

それから、ハリスおばさんは、ディオールのドレスの残骸を、スーツケースからとりだした。

ビロードのこげたはしと、焼けてとけた黒いビーズを、指でそっとさわった。ハリスおばさんは、そうじに行ったことがあるので、ナイトクラブというところのもようは知っていた。この事故がどのようにしておこったか、まざまざと見ることができるような気がした。

——よっぱらった娘が、つきそっている男の腕にもたれて、よろよろしながら階段をおりてくる。そして、放心したように、なんの注意もはらわず、そこにあった鏡の前で、いきなり髪をなおそうと立ちどまる。

とつぜん、娘の足もとからけむりがふきあがってくる。恐怖のさけび。めらめらと燃えあがるオレンジ色の炎。連れの男は、炎を手でたたいて消そうとする。そして、わずか一、二分の後には、世界でいちばん美しい、いちばん高価なドレスは、ぶすぶすいぶっている焼けこげドレスと変わりはてたのだ。

そして、ハリスおばさんの手の中のドレスから、いまだに、こげた布地のにおいがしていた。ナターシャが贈ってくれた香水を全部ふりかけても、このにおいを消すことはできないような気がした。人間の手でつくりだされた、完璧《かんぺき》な美をもった芸術品は、だめになってしまった。

ハリスおばさんは、つとめて、自分にいい聞かせようとした。

（ミス・ペンローズがわるいんじゃないよ。災難だったんだよ。わるかったのは、このわたしなんだよ）

人生をみくびっている、ろくでもない女優のために――ハリスおばさんのお人よしの好意に対して、感謝のかけらをあらわすだけの礼節さえ知らない娘のために――親切な魔法つかいのおばあさんの役を演じようなどという了見をおこした、おろかな自分がわるいのだ。

ハリスおばさんには分別があった。彼女は、きびしい社会のあら波の中を生きぬいてきた、足を地につけている人間だった。思いをふくれあがらせて、くよくよといつまでもなやみはしなかった。

いま、こうやって、自分のあこがれの宝物が、いたましい黒こげの残骸となっているのを見て、このような宝物を自分のものにしようとしたばかりか、それを他人に見せびらかそうとした自分のおろかさと見えに、はっきり気がついたのだった。

ハリスおばさんは、

「どこへお行きなさったんです」

と、家主のおばさんに聞かれたら、

「ええ、あんた、ちょいとパリへね。ディオールのファッションショーを見に行きましてね。一着買ってきましたよ。『ユウヤク』というのをねえ」

と、さりげなく答える自分を思って、たのしんでいたのだ。それから、バターフィルドおばさんが自分の宝物を見たとき、どんな顔をするかということも、百ぺんぐらい想像して、得意になっていた。だが、こうなっては、バターフィルドおばさんは――いや、だれでも――ただ、こうぐちるだろう。

「『なにか、ろくでもないことがおこるよ』って、あんた、わたしがあれほどいったじゃないかね。こんなものは、もともと、わたしたちの性に合うもんじゃないってね。いったい、あんた、これをどうするつもりなのさ」

まったく、そのとおりだった。いったいどうしたらいいのだろう。古い、かびくさい衣装戸だなの中に、エプロンや仕事着、それから、一張羅《いっちょうら》のみすぼらしいよそ行きといっしょにぶらさげておいて、夜、仕事を終わって帰ってきて、そっとながめてたのしむ。そういうことなのだろう。

だが、このドレスは、暗い戸だなの中にとじこめられて、こっそりと日を送るようにデザインされ、仕立てられた夜会服ではない。はなやかな雰囲気の中で、シャンデリアのかがやきと音楽と、感嘆してながめている人目の中でこそ、ひきたつようにつくってあるものなのだ。

きゅうに、ハリスおばさんは、もうそのドレスを見ていられなくなった。悲しみにたえられないところまできてしまった。

ハリスおばさんは、ドレスのなきがらをビニールのスーツケースにおさめ、しわくちゃの包み紙ですばやくおおって、目にふれないようにした。それから、ベッドにたおれふすと、まくらに顔をうずめて泣いた。失意の女性がやるように、さめざめと、いつまでも泣きつづけた。

自分自身のおろかさをくやんでもいたろうし、おごりたかぶったその罪と、それにてきめんにくわえられた天罰をなげいていたのだろう。天罰はまちがいなしに、ハリスおばさんの後を追いかけつづけていたのだ。

しかし、なによりも、ドレスをだめにしたことを、貴重な宝物を台なしにしたことを悲しんで、泣いたのだった。

このもようでは、ハリスおばさんは永遠に泣きつづけそうだった。だが、戸口のベルがくりかえし、うるさく鳴りはじめた。このベルの音が、悲しみの中にまじりこんでいったので、ハリスおばさんは、やっと気がついた。泣きはらした顔をあげたが、知らん顔をしていることにきめた。

バターフィルドおばさんにちがいなさそうだ。パリのドレスを見たくて、わくわくしているだろう。それに、見ずしらずの人々のただ中でおこなったハリスおばさんの大冒険のくだりを聞きたがっているのだろう。

だが、あれほどまで身を粉にして働き、すべてを犠牲にして、あのあほらしい目的ひとすじにやりぬいて、待ちに待ったあげくのはてを、友だちにどう見せたらいいものだろうか。焼けこげのぼろっきれを見せようか。「だから、いったじゃない」とくりかえす、バターフィルドおばさんのぐちは、ますますしまつにおえないものとなって、ひとしきり、はきつづけられることだろう。そしてしまいには、こんこんと同情をわかして、なぐさめてくれるだろう。

バターフィルドおばさんが、ニワトリどもが鳴くのに似た一大合奏音でいたわってくれるのはまだいいとしても、その不器用なやりかたには、そうとうなしんぼうがいり、それをできるかどうか自信がなかった。

それに、ハリスおばさんは、ただ、泣きつづけていたかったのだ――たったひとりきりで、泣いて泣いて泣きぬいて、そのあげく、死んでしまいたかった。

ハリスおばさんは、涙にぬれたまくらを耳にくっつけて、ベルの音を聞くまいとした。ところが、あてがはずれた。ベルの音がやんだのだ。と、こんどは、ドアをドンドンたたいたり、ノックする音に変わった。

(バターフィルドさんにしちゃ、ひどく手あらくやるし、いやにおうへいだよ。なにか事故がおこって、助けをもとめているのかもしれないね)

ハリスおばさんは、あわてて起きあがると、目の上にまつわりついている髪の毛をかきあげて、ドアをあけた。そこには英欧航空の配達係がいて、幽霊と会見でもしたかのように、ぎょっとした目をむいた。

それから、その配達係は、ぷりぷりおこっていった。

「ハリスさんですか」

「そうでなかったら、どなたさんだろうね。マーガレット王女に見えなさるかい。ひとさまの家を、火事だみたいに、われるようにひっぱたいてからに……」

「ちぇっ。――いや、ほっとしたよ。いくらベルを鳴らしても返事をしないから、死んじまっているのかと思いましたよ。なにしろ、こんなにたくさんの花を配達するんですからね。死人におくったんじゃないかと、かんぐりたくもなりますよ」

「へえ、そりゃまた、なんの花かね」

配達係はにやにやした。

「フランスから特別便で来たんですよ。速達の航空貨物でさあ。いま運びますから、その間、ドアをあけといてくださいよ」

配達係は、開いたままにしてあるライトバンの中から、いろいろな形の白い箱を、つぎつぎにとりだした。その箱にはどれも、「航空速達――取扱注意――生鮮品」としてあった。まず、わらでつつんだもの、つぎがボール箱、しまいが紙でくるんであった。ハリスおばさんは、なにかにばかされているような気持ちだった。

その配達用の車から居間に荷物を運ぶ往復の旅は、いつまでたっても、けりがつかないようにみえた。

(きっと、なにかのまちがいだよ)

だが、まちがいではなかった。ついに運びおえた配達係は、受取証をハリスおばさんの鼻っ先につきだした。「ここへサインをひとつ」

たしかに、「マダム　エイダ・ハリス　バタシー区ウィリスガーデンズ五番地」としるしてあった。

「通関料を六シルいただきます」

ハリスおばさんは、その金をはらって、ふたたび、ひとりきりになった。それから、運びこまれたボール箱や包み紙を開きにかかった。

と、ふしぎな世界が展開した。ハリスおばさんは、パリをさまよっているここちだった。花が、部屋をうずめつくして、ハリスおばさんのくすんだ小さな部屋は、みるみるうちに、すがたを変えてしまったのだった。

一ダースほどの、黒えんじのバラの花、クリーム色のかかった白ユリ、ピンクと黄色のカーネーションの花たば、こいふじ色からうすいレモン色まで、あらゆる色をそろえて、いまにも花を開きそうになっているグラジオラスなどが、ぎっしりと部屋をうずめた。サーモン、白、深紅色などのツツジもあった。

大きなおけにはゼラニウムがいっぱいで、あまいかおりをぷんぷんにおわせているフリージアの花たばもあったし、六つのまっ白なクチナシが中央にかざってある、さしわたし三十センチもある大きなスミレの花たばもあった。

　ハリスおばさんの部屋は、たちまちのうちに、パリの花市場の屋台店に早変わりしてしまった。市場から送り出されたばかりのこれらの花々は、みずみずしい花弁の上に、まだ、真珠のような露の玉をかがやかせていた。

　このような、心のこもった、あまい、痛みをいやしてくれる贈り物が、ハリスおばさんの悲嘆のさなかにとどけられたということは、偶然なのだろうか。それとも、未来を透視するふしぎな知恵が働いてのことなのだろうか。

　それらの花たばには、カードがついていた。ハリスおばさんはそれをはずして、書きこんであることばを読んだ。その伝言は、パリでできた友だち一同が、ハリスおばさんがぶじに帰国した祝いをかねての、心から思い出をなつかしみ、愛情をわかちあうしるしだった。そのうえに、なおいくつかの、うれしい便りがつけくわえてあった。

「ぶじにお帰りのことと思います。待ちきれないので、アンドレとわたしは、きょう結婚しました。あなたさまに神さまのお恵みがありますように。ナターシャ」

「あなたのおかげで、ぼくは世界一の幸福ものになりました。アンドレ・フォーベル」

「ゼラニウムのお好きなかたの帰国をお祝いします。銅貨の件はわすれておりません。イポリット・ド・シャサニュ」

「クリスチャン・ディオールより敬意を表して」（これは、スミレの花たばにそえてあった）

「ご帰国をお祝いして。ディオールの店一同」

「ご幸福をお祈りいたします。クリスチャン・ディオールの店、裁断師、仮縫い師、裁縫師一同より」

そして最後に、

「ジュールはきょう、外務省の英米カナダ局の一等書記官に任命されました。あなたにはほんとうにお礼の申しあげようもございません。クロディーヌ・コルベール」

ハリスおばさんは、ひざをがくがくふるわせながら、床にすわりこんで、マダム コルベールからおくられた、ふくいくとにおうバラの花にほおを寄せた。バラの花弁は、ぴんと張って、しなやかで、ひんやりしていた。ハリスおばさんの目はふたたび、涙にうるんだ。この小さな部屋に満ちている花々の色とかおりと、花たばにそえてあった伝言によってよびさまされた数々の思い出が、心にうずをまいた。

黒い髪を形よくセットして、きれいな肌をした、思いやりの深い、女らしいマダム コルベールのすがたが、そして、しなやかで美しい、ほほえんでいるナターシャが、それから、金髪でまじめで、ほおに傷のある——そして、一夜のうちに計算機から血のかよった恋人に変身したフォーベル君のすがたが、ふたたび、ありありと目の前にうかんできた。

さまざまな思い出が、さまざまの記憶の絵が、どっとハリスおばさんの心の中にかさなりあった。口にピンをふくんだ仮縫い師たちがひざまずいて、ひたいにしわをよせて、緊張した、仕事にうちこんでいる表情が見えるようだった。

ふたたび、厚い灰色のじゅうたんをふみ、ディオールの店にこもっている、こころよい、胸のときめくようなかおりがにおってくるようだった。来観客の声がさざめき、ささやきあう、うす灰色のディオールのサロンに、ふたたびもどっているように思えた。

そして、ハリスおばさんが涙のかげからのぞくと、自分の前に、つぎからつぎに、あのときよりもっと美しいモデルが、夜会服やスーツや、アンサンブルやガウンや毛皮をまとって、あるいはつかつかと、あるいはしゃなりしゃなりと、ステージにあらわれて、三歩ばかり歩いてくるりとまわり、また三歩ばかり歩いて身をひねり、パステル調のミンクの毛皮や、黒テンの毛皮を、やわらかなじゅうたんの上にぬぎすてて、短い上着もぬぎ、やおら頭をきっとあげて、またもくるりとまわって見せ、しずしずと退場していく。するとつぎのモデル嬢があらわれ……。

そのサロンから、一瞬、ハチの巣のような小部屋に、舞台が変わった。絹やサテンのすれあう、やさしいきぬずれの音と、ミツバチの羽音のような、女店員や裁縫師の話し声や、ひそかなわらい声がまじりあい、よいかおりに満ちた、こころよい女の世界の一角があらわれた。

やがてハリスおばさんは、いかにもパリらしい青い空の下で、自然が独自の方法でつくりだしたファッションの芸術品――いろいろな形と色と、それぞれの芳香をはなつ花々にかこまれて、花市場の日当たりのよいベンチに腰をおろした。となりには、ハリスおばさんの心意気がよくわかり、彼女とへだてのない友だちになってくれた、あの毅《き》然《ぜん》とした、貴族的な老紳士がすわっていた。

とりわけ、ハリスおばさんの心によみがえっては去り、またよみがえっては去るのは、彼女が出会った人々のすがただった。プレ・カトランでの一夜、彼女をだきしめたときのフォーベル君とナターシャの表情。

それから、ロンドンに帰る前、マダム コルベールがハリスおばさんをだきしめてキスし、「あなたはわたしにとって、ほんとうにありがたい幸運の神でしたわ」とささやいたときの、あたたかい感触が、まざまざと感じられた。

ハリスおばさんは、マダム コルベールのことを思い、あのフランスの婦人が、ディオールのドレスを手に入れたいという自分のおろかな望みをかなえさせるために、苦労して、いろいろ手をつくしてくれたことを思いうかべた。あのとき、彼女がいなかったら、そして、計画をめぐらしてくれなかったとしたら、ドレスはイギリスには持ちこめなかったろう。

「ユウヤク」の傷んだ箇所も、修理できないことはないかもしれない。マダム コルベールにちょっと手紙を出したら、だめになったのとそっくりの、ビーズの縫いとりをしたパネルを送ってくれるだろう。それを腕のいい裁縫師にたのんでとりかえてもらったら、ドレスは完璧《かんぺき》なものにもどるだろう——だが、それで、ほんとうにもとどおりになるものだろうか。

この、かりに自分の心に問いかけたことが、ハリスおばさんに奇妙な結果を生んだ。涙はとまり、ハリスおばさんは花にうずもれた部屋の中をながめまわした。ふいに、目が開けたように、なにかがわかった。その質問への答えができたのだった。

修理をしても、それは、もとどおりにはならない。けっして、もとと同じにはならないのだ。そしてこのことは、ハリスおばさん自身にしても同じだった。

ハリスおばさんは、ドレスを買ったというよりも、むしろ、冒険と一つの貴重な体験を買ったのだった。そしてこれこそ、生涯失われることのないものだ。彼女は、この後ふたたび、自分が孤独で、かたすみに生きている人間であるという感じにとらわれることはないだろう。

ハリスおばさんは勇敢にも外国へ出かけて、いままで不審に思い、きみのわるいものだとふきこまれてきた外国人の中にとびこんでいった。ところが、案に相違して、その外国の人たちは、あたたかい人情を持った人々だった。その人たちもまた、人間的な愛情と理解を、人生を送るしるべにし、力にしていることを知った。そしてその人たちが、ハリスおばさんを愛してくれていることを、彼女ははっきりと感じたのだった。

ハリスおばさんはスーツケースを開いて、「誘惑」をとりだした。そして、もう一度、焼けたところをさわってみた。パネルは、ぞうさなくとりかえられ、傷んだ箇所がなおることはわかった。しかし、とりかえるのはよそう。このままに保存しておくことにしよう。ひとりのおばさんに愛情と思いやりをいだいて、一針一針をいそいでくれたあの人たちとちがう人の手が、二度とこのドレスにふれてはならない。

ハリスおばさんは、ドレスを、生きている人のように、やせた胸にだきしめた。やわらかに波うっている布地に顔をうずめて、しっかりとだきしめた。小ちゃい、すばしこい青い目から、またも涙があふれだし、リンゴのようなほおを、一すじ、二すじ、つたって落ちた。けれども、それはもう、悲しみの涙ではなかった。

ハリスおばさんは、ドレスをだきしめたまま、夢見ているような気持ちで立っていた。このドレスとともに、すべての人を、その胸にだきしめていた。――マダム コルベールを、ナターシャを、アンドレ・フォーベル君を、そして、名も知ってはいないが、ディオールの店のお針子さんたち、女裁縫師、裁断師、みんなの人々を……。

そして、この、心と心のかよいあいと、友情と、人間の間の愛情という、かえがたくもとうとい思い出の宝玉をあたえてくれたパリの街を、ハリスおばさんは、いま、だきしめたのだった。

訳者解説

亀《かめ》山《やま》龍《たつ》樹《き》

1

「ハリスおばさんパリへ行く」（編集部注：旧題）を紹介したのが一九六七年で、以来ハリス夫人は日本の読者に愛されてきました。訳者は読者から多くの便りをいただきました。中に、作者名はガリコかギャリコかという質問もありました。ぼくはどちらでもいいと思っています（編集部注：本書の底本の講談社文庫版では「ギャリコ」ではなく「ガリコ」の表記でした）。発音符号でいうと、量の単位のガロン、インドのガンジー、使徒行《しと ぎよう》伝《でん》に出てくるローマの地方総督 **Gallio** と同じです。地方総督ガリオ氏はうまいことをいっています。――『ガリオはユダヤ人たちにいった。「（中略）不法行為や悪質な犯罪などのことなら、わたしは当然諸君の訴えをとりあげようが、これは諸君の言葉や名称や律法に関する問題なのだから、諸君自らが始末するがよかろう」』（十八章十二〜十八）

ガリコは子供の頃、夏休みに両親につれられて万国博の見物にブリュッセルへ行き、ホテルの便箋《びんせん》に初めての短篇を習作したと、彼の「ある物語作家の告白」にしるしています。で、訳者はベルギーで万博が何年にあったか各種の資料で調べたのですが、小生手持ちの資料はすべてずさんであるのか、ガリコが児童のときにベルギーで万博があったという都合のいい記載がなく、ここでは当方に都合よく推量してガリコ十歳の頃、としておきます。

ガリコの父は財のない音楽教師の心情として「世間の人は金廻《まわ》りが悪くなると子供に音楽の練習をやめさせてしまうが、病気にかかると無理をしても医者にやる。ところでわが家の息子は近所の人がけがをしたとき、救急箱をもってすっとんでいったではないか。息子は医者にしよう」と考え、息子のほうもそのつもりになったのですが、先にのべた「都合よく推量して十歳の頃」すでに短篇を習作したことのあるガリコは、作家への志やみがたく進路をかえ、のちにこう述懐します。「ぼくが医者にならなかったので、多くの人の生命が助かったにちがいない」

ところでガリコは、沈鬱《ちんうつ》・瞑想《めいそう》型の文学青年ではなく、おおいにスポーツに励む大男でした。大学を出てデイリー・ニューズ社の映画部にはいり、彼の書く記事が生意気だということでスポーツ部に廻されます。ガリコはボクシングの記事を書くのに、気分をつかむためにジャック・デンプシー（当時のヘビー級チャンピオン）と試合して、一分半でノックアウトされます。野球はベーブ・ルースといっしょにスモークボールを打ち、水泳はオリンピックの金メダル選手で、のちにターザン役の俳優になったワイズミュラーと泳いだこともありました。

そうこうするうち、彼はアメリカでもっとも有名なスポーツライターになりましたが、作家としての登龍門《とうりゅうもん》であるサタディ・イブニング・ポストに短篇を発表するまでに、もちろん、作家修業の長い道をたどってもいたのでした。

2

ガリコと同様にスポーツ記者あがりの作家に、ガリコより一廻り年上のリング・ラードナーがいます。ラードナーはフットボールと歯医者の勉強に励むつもりだったのがスポーツ記者になり、取材のためにホワイト・ソックスについてまわって、そういった経験と鋭い人間観察、俗語を駆使した軽妙な話術で、野球物語の流行作家になりました。批評家のH・L・メンケンは、「真にアメリカ的な作家」という評価を与えています。

ところでガリコのほうは、「スポーツよさらば」でスポーツと訣別《けつべつ》し、つづく「ハイラム氏の大冒険」では、主人公はニューヨークの新聞記者で、フェンシング・射撃・柔道などで痛快な活躍をします。が、舞台はロンドン、ヨーロッパで、当のガリコはイギリスに居を移していました。ガリコには、彼を人気スポーツライターとして遇してくれたアメリカよりも、あっさりいってイギリス、ヨーロッパのほうが住みやすく、好きだったのです。

一応は当時のアメリカの社会状況にふれておいていいと思います。第一次世界大戦後のアメリカは、失業と不景気、そして保守反動の傾向が強まり、不安と混乱、ヒステリーの時代に陥りました。一九二七年には、イタリア移民のサッコとバンゼッティが無実の罪を政治的に着せられ、死刑となりました。この非人道的な事件と風潮をイタリア移民の子である一スポーツ記者が、自分には関心のないことだとかりに気にしなかったとしても、またガリコ自身むしろアメリカ的に向日性の闊達《かったつ》な人物でありながらも、繰り返しになりますが、あっさりいってイギリス、ヨーロッパのほうが住みやすく、好きだったので、引っ越してしまったのです。

幼時、両親によくつれていかれたヨーロッパに惹《ひ》かれ、彼の父母の系譜が彼をヨーロッパにひきもどしたのかもしれません。感受性の強い、人の善い、明るいロマンチストが、困難時には図らざるお助けに恵まれることが必須《ひっす》でなければならぬ異国人として異境に暮らして、新しく住む環境で周囲の善意をより信じようとつとめ、日々良い日であることを願う、その日常が彼に、アメリカにのみとらわれない汎《はん》人間尊重の信条を作品により標榜《ひょうぼう》させることにもなったのでしょう。ガリコは、イギリス、フランス、リヒテンシュタイン、モナコと、好む場所に移り住み、前述したラードナーが「真にアメリカ的」なら、ガリコは（作品が国際的に評価されていることは別にして）その身柄が「まさに国際人」であったのでした。

3

ガリコは血の気が多く、第二次世界大戦では従軍記者として出むきます。ダンケルクでイギリス、フランス軍が悲劇の撤退をしたことに、じっとしていられなくなったからでした。

そのダンケルクにまつわる物語「白い雁《がん》（スノーグース）」は、各国語に訳されました。北海にのぞむ沼沢地の寂しい田舎にひっそりと住む背の曲がった画家は、土地の貧しい少女が見つけた傷ついた白い雁を介抱します。その白い雁と画家と少女に哀しい別れをもたらしたのは、戦争でした。画家はダンケルクの海岸に追いつめられているイギリス兵を輸送船まで運ぼうと、自分の小船で海を越えようとします。が、画家は機銃に撃たれて死にます。漂流する小船に、白い雁が画家を見守るようにとまっていました。清冽《せいれつ》な抒情《じょじょう》のみなぎる作品です。ガリコはこれによって作家としての基盤を固めました。

同じく愛を謳《うた》いあげた短篇に「小さな奇跡」があります。イタリアのみなしごの少年がロバの病気が治るように、奇跡が顕《あらわ》れると伝えられている僧院の地下の納骨堂へ、ロバをつれていきたいため、法皇庁へ出かけ、数々の偶然の重なりのおかげで、法皇のお許しを得ることができます。

この物語には、人の痛切な願いにさらにユーモラスな経緯が加わります。また、法皇という実在者が作品に使われています。実在者と虚構の登場人物の組み合わせはラードナーもよく用いますが、ガリコはこれを巧妙に使って効果をあげます。「ハリスおばさんパリへ行く」ではディオールがそれです。

「パリへ行く」は「小さな奇跡」の作風の発展とみることができます。愛すべきハリス夫人の活躍する作品は、「ニューヨークへ行く」「国会へ行く」「モスクワへ行く」と四作続きました。続いたのは、ハリス夫人がガリコの大好きなタイプのご婦人であって、同時に読者にとってもそうであったからにほかなりません。また、これらの作品にはアイゼンハワー大統領、イギリス国会という実在の舞台、エリザベス女王近縁の王族などが登場して、ハリス夫人とその物語をたすけ、なんともおかしく痛快です。

人の心の機微をとらえて、ハリス夫人の物語は展開します。パリで友人になったシャサニュ侯爵は「ニューヨークへ行く」では偶然、フランス大使として駐米していて、彼はこのような演説をぶちます。

「できることなら、わたしは街の広場にあのご婦人方（ハリスとバターフィルド両人）の銅像を建てたいと思うのであります。あの人たちこそ人生の真の英雄です。くる日もくる日も自分の仕事をきちんとはたし、貧しさや孤独と闘いながらいつも自分を見失わず、おのれの義務をはたし、しかもいつもほほえみをたたえ、明るさを忘れず、美しい夢にあこがれるゆとりさえもっているのです。美しいロマンに満ちたこれらの夢の中に勇気は常に脈々として生きています」

ガリコの逞《たくま》しい空想力、構築の力量は、ハリス夫人と彼女の物語をこの世に送りだしました。ハリス夫人の突拍子もない願いは、ありそうもない偶然によってかなえられます。ガリコはしたたかでしかも柔軟な話術で、そのことを笑わせながら読ませます。そして、人の善意の存在の確たる証《あかし》をして、めでたしめでたしとなります。偶然が現れて、さてこれでうまくいくぞと、まったく楽しいのですが、そこがまた哀しくもあるのです。読者はそう思われませんか。森本哲郎《もりもとてつろう》氏がある作品についていった言葉をハリス夫人の物語にかりれば、こうなります。——「物語は世の推移が拒むものを人々に与え、苦しい現実を夢で是正した。この物語の途方もない空想力こそ、反対にこの作品のリアリズムを保証する」

ガリコの代表作であるこの作品が、この文庫版に収録されるのを、訳者は非常にうれしく思っています。ハリス夫人が若い読者にさらに愛されることを願ってやみません。

年譜

明治三十年　一八九七年
七月二十六日、ニューヨーク市に生まれる。フルネームはポール＝ウィリアム＝ギャリコ。父パオロはトリエステ（当時オーストリア領、現在イタリアとスロベニア共和国分割領）の出のイタリア系移民でピアニスト、作曲家。母はオーストリアの出。子どものころ、父の演奏旅行についてヨーロッパ各地をまわる。ニューヨーク市のパブリックスクールを卒業、コロンビア大学医学部予備コースに入学。さまざまなアルバイトで学費をかせぐ。のち、作家志望の夢をすてきれず、進路をかえる。

大正七年　一九一八年　二十一歳
海軍予備隊に志願入隊（第一次世界大戦中）。目が悪いので倉庫係にまわされる。学生のときにフットボールの名選手だったことがものをいって、戦闘部隊に編入される。年末に大戦終了。復員して大学にもどる。

大正十年　一九二一年　二十四歳
コロンビア大学卒業。

大正十一年　一九二二年　二十五歳
デイリー・ニューズ社に入社。映画部の記者となるが、すぐにスポーツ部にかえられる。

大正十三年　一九二四年　二十七歳
スポーツ記者、編集者として才腕をふるう。独自の体験記事を発表して人気記者となる。

昭和十一年　一九三六年　三十九歳
サタディ・イブニング・ポストに短篇を掲載。つづいて各誌より執筆をもとめられるようになる。デイリー・ニューズ社を退社。イギリス、デボンシャーの海沿いの小さな町サルヤムの丘の上に住み、一頭のグレートデン、二十三匹の猫と同居して作家生活にはいる。

昭和十三年　一九三八年　四十一歳
スポーツ記者引退宣言ともいえる「スポーツよさらば」を発表。

昭和十四年　一九三九年　四十二歳
「ハイラム氏の大冒険」を発表。作家としてのデビュー作。のちにＮＢＣテレビよりシリーズ番組として放映。

昭和十五年　一九四〇年　四十三歳
"The Secret Front"を発表。

昭和十六年　一九四一年　四十四歳
「白い雁（スノーグース）」を発表。世界的なベストセラーとなり、作家としての地歩をかためる。

昭和十七年　一九四二年　四十五歳
"Lou Gehrig""Golf is a Friendly Game"を発表のほか、映画脚本"Joe Smith, American""The Pride of the Yankees"をてがける。

昭和二十年　一九四五年　四十八歳
海軍に志願（第二次世界大戦）。弱視のため入隊できず、従軍記者となる。

昭和二十一年　一九四六年　四十九歳
自らの半生を書いた"Confessions of a Story Writer"を発表。

昭和二十二年　一九四七年　五十歳
"The Lonely"を発表。

昭和二十五年　一九五〇年　五十三歳
「ジェニィ」を発表。

昭和二十六年　一九五一年　五十四歳
「小さな奇跡」を発表。

昭和二十七年　一九五二年　五十五歳
「雪のひとひら」"Trial by Terror"を発表。

昭和二十八年　一九五三年　五十六歳
“Foolish Immortals”、映画脚本「リリー」を発表。

昭和二十九年　一九五四年　五十七歳
前年の「リリー」を小説化し、「七つの人形の恋物語」を発表。

昭和三十年　一九五五年　五十八歳
“Ludmila”を発表。

昭和三十二年　一九五七年　六十歳
“Thomasina”を発表。のちにウォルト＝ディズニーにより「トマシーナの三つの生命」として映画化。

昭和三十三年　一九五八年　六十一歳
「ミセス・ハリス、パリへ行く」（本書）“The Steadfast Man”を発表。

昭和三十四年　一九五九年　六十二歳
“The Hurricane Story”“Too Many Ghosts”を発表。

昭和三十五年　一九六〇年　六十三歳
「ミセス・ハリス、ニューヨークへ行く」を発表。

昭和三十七年　一九六二年　六十五歳
“Scruffy”“Coronation”を発表。

昭和三十八年　一九六三年　六十六歳
フランスのカンヌに近いアンチーブにうつる。「愛のサーカス」を発表。

昭和三十九年　一九六四年　六十七歳
“The Hand of Mary Constable”、児童向けジャン＝ピエールシリーズの第一作“The Day Jean-Pierre was Pignapped”、画家スザンヌ＝サズと絵本“The Silent Miaow”を発表。

昭和四十年　一九六五年　六十八歳
「ミセス・ハリス、国会へ行く」“The Day Jean-

Pierre Went Round the World""The Golden People"を発表。

昭和四十一年　一九六六年　六十九歳
「ほんものの魔法使」"Three Legends"を発表。

昭和四十二年　一九六七年　七十歳
"The Story of Silent Night""The Revealing Eye : Personalities of the 1920's"を発表。

昭和四十三年　一九六八年　七十一歳
「トンデモネズミ大活躍」を発表。

昭和四十四年　一九六九年　七十二歳
「ポセイドン・アドベンチャー」"The Day Jean-Pierre Joined the Circus"を発表。

昭和四十五年　一九七〇年　七十三歳
「マチルダ」を発表。

昭和四十六年　一九七一年　七十四歳
「ズー・ギャング」を発表。

昭和四十七年　一九七二年　七十五歳
"Honorable Cat"を発表。

昭和四十九年　一九七四年　七十七歳
「シャボン玉ピストル大騒動」「ミセス・ハリス、モスクワへ行く」を発表。

昭和五十年　一九七五年　七十八歳
"Miracle in the Wilderness"を発表。

昭和五十一年　一九七六年　七十八歳
七月十五日、モンテカルロにて心臓発作により他界。

亀山龍樹　編

角川文庫版解説

町《まち》山《やま》智《とも》浩《ひろ》（映画評論家）

ポール・ギャリコの小説『ミセス・ハリス、パリへ行く』（１９５８年）は、一種のおとぎばなしとして書かれています。ロンドンで毎日毎日ほこりをかぶって床を磨いていた還暦近い家政婦ハリスさんが、努力と幸運と善意で、パリの高級ドレスを仕立てることになる、まさにシンデレラ・ストーリーです。

しかし、その背景には、当時、イギリスやフランスで起こりつつあった社会変動が隠されています。

『ミセス・ハリス、パリへ行く』は何度か映像化されましたが、刊行から64年後の２０２２年に映画化されたバージョンでは、原作には書かれていない時代的な背景までも物語に盛り込んでいます。ここでは、それについて解説してみます。

ハリスさんは「通いの家政婦」、原語ではチャーウーマン Charwoman といいます。チャー Char はチョー Chore（雑用）と同語源です。彼女たちは最低賃金の時給で暮らし、朝から晩まで何十年働いても、決して豊かになる可能性はありませんでした。

当時のイギリスは格差の大きな階級社会で、親から受け継いだ土地や資産のおかげで生まれた時から何不自由なく暮らす上流階級と、ハリスさんのような労働者階級に大きく分かれ、その身分は固定されていました。

そんな未来のない社会に対する怒りを描いたのが、1956年のジョン・オズボーンの戯曲『怒りをこめて振り返れ』でした。それがきっかけで、労働者階級の若者たちの閉塞感《へいそくかん》を描いた文学や映画が次々と生まれ、「怒れる若者たち」と呼ばれました。最も有名なのは1959年にアラン・シリトーが書いた『長距離ランナーの孤独』でしょう。労働者階級の少年がグレて「感化院」（非行少年の教育的保護を目的とした施設）に入りますが、長距離走の選手として認められます。彼は長距離レースで2位以下を大きく引き離しますが、ゴール直前で立ち止まります。自分を踏みにじってきた社会への反逆として。

ハリスさんは怒れる若者ではありませんが、一生縁がないと思われたオート・クチュールのドレスを作ることが、彼女なりの反逆であることはいうまでもありません。

オート・クチュールのドレスはハリスさんの年収とほぼ同じ値段ですが、値段だけが問題ではありません。それは、彼女を除《の》け者にする上流階級そのものの象徴です。

オート・クチュールは直訳すれば「高級仕立て服」ですが、高級なオーダーメイドならオート・クチュールと呼べるわけではありません。パリ・クチュール組合（通称サンディカ）に加盟したメゾンで縫製されたものだけを指します。加盟するには厳しい条件と審査があります。

そして、どれも一点ものです。今はハリウッドのセレブがアカデミー賞授賞式で着たドレスですら、お金を出せば誰でも買える時代ですが、当時はそんなことはありえませんでした。だから、ファッションショーも大会場ではなく、オート・クチュールのメゾンの中で、ごくごく限られたお得意様だけに見せるものでした。つまり貴族や大富豪の御婦人方だけに。

だからハリスさんがディオールのメゾンを訪ねても、そこにはショーウインドウなどはありません。彼女はそこが大金持ちのための閉ざされた場所だとすぐに気づきますが、それでも怖気《おじけ》づいたりあきらめたり卑屈になったりすることなく、堂々と、ショーを見せろと要求します。親や夫の金ではなく、自分自身が汗水垂らして稼いだ金を持ってきたのに何を恥じることがあるのか。

ディオールのマダム　コルベールさんは、ハリスさんを見て「ふしぎな風格」を感じます。風格とか気品はその人の生まれ育ちや着ている服ではなく、内面から立ち上がるものだからです。

ディオールのモデルのナターシャと会計係のアンドレ・フォーベル君も、他のクチュリエール（お針子さん）たちもハリスさんのファンになります。みんな庶民ですから。

ところで、アンドレ君の顔には戦争で負った傷があると書かれています。彼の年齢からすれば、１９５４年から１９６２年まで続いたアルジェリア戦争でしょう。フランスの植民地の独立戦争で、独立を阻止しようとしたフランス軍は民間人虐殺までしました。

しかし結局は負け戦に終わり、徴兵されて戦場に送られ、地獄を体験させられたフランスの若者たちは、政府への怒りを表明し始めます。

このような若者たちの反逆は世界規模で広がっていきました。その理由は2つ。第二次世界大戦後、世界の産業が急激に発展し、労働者の収入が増えていったことです。それにベビーブームで、さらに若者の人口が激増したことです。こうして「中流」が激増していきました。それ以前の社会は、数少ない資産家と大量の貧しい労働者だけで構成されていましたが、戦後、「中流」が人口の半分以上を占めるようになり、彼ら「大衆」こそが、社会の主役として、権利を主張し始めたのです。

そして社会が変わっていきます。1958年に英国では「一代貴族法」が成立します。それまで貴族と庶民は血筋で厳密に分離されていたのですが、この法律で生まれに関係なく男爵になれるようになりました。それ以来、世襲の貴族の特権はどんどん失われ、身分社会は崩壊していきました。

フランスではサルトルの実存主義が若者の人気を集めます。サルトルはアンガージュマンという思想を主張しました。政治や社会に参加し、それを変えなければ生きる意味がない、という考えで、社会の主役になっていく人々の心を惹《ひ》きつけました。

政治だけではありません。中流は経済の主役にもなっていきます。大量の中流の消費力は、わずかな富裕層のそれを数で圧倒します。ファッションの世界でも、消費力を持った中流のために、超高級なオート・クチュールと「吊《つ》るし」と呼ばれていた安物の既製服の間の商品が求められるようになります。

『ミセス・ハリス、パリへ行く』が書かれた時、実はオート・クチュールの全盛期の最後で、その後、ディオールを含めたメゾンはどこも大衆時代に合わせてビジネスを転換せざるを得なくなります。しかも、創始者のクリスチャン・ディオールは1957年にすでに亡くなっているのです。

面白いのは、2022年の映画化で、アンドレ・フォーベル君に眼鏡をかけさせていること。眼鏡をかけたアンドレ君の見た目は、1958年当時、創始者亡き後のディオールをアートディレクターとして背負っていた22歳の天才デザイナー、イヴ・サン＝ローランそっくりなのです。

サン＝ローランは1960年、アルジェリア戦争に徴兵され、軍隊内のいじめで精神を病み、精神科に入院します。それで戦争や権力への深い怒りを抱いたサン＝ローランは、サルトルが提唱する社会変革の思想に傾倒していったといいます。2022年の映画版のアンドレ君もサルトルの愛読者として描かれています。

1966年、サン＝ローランは自分のブランドから既製服、プレタポルテのラインを発売します。それは、特権階級のファッションを人民に解放する、彼なりのアンガージュマンだと言われます。

60年代は意識革命の時代でした。成人になったベビーブーム世代がそれまでの価値観すべてに反抗したのでカウンターカルチャーともいいます。彼らにとって、ファッションはおしゃれを超えた自己主張、絵を描いたり歌を歌ったりするのと同じ「表現」になっていきました。ロックミュージシャンは、新進気鋭のデザイナーの服を、競うように着ました。個性的であればあるほど素晴らしいとされました。他人にどう見られるか、どこに着ていくのか、年相応か、そんなことはどうでもいい。自分が着たいから着るのだと。

「着たいから着る」ミセス・ハリスは、そんな革命を先取りしていたのかもしれません。好きな服を着ることが自己表現だった時代が遠く過ぎ去り、均一なファストファッションが世界を支配してしまった現在から見ると、本当におとぎばなしのようですが。

本書は、一九七九年十二月に講談社文庫より刊行された『ハリスおばさんパリへ行く』を改題し、現代の一般読者向けに加筆修正のうえ、角川文庫化したものです。

ミセス・ハリス、パリへ行《い》く

ポール・ギャリコ　亀《かめ》山《やま》龍《たつ》樹《き》＝訳

令和４年 10月25日　初版発行
令和６年 11月25日　９版発行

発行者●山下直久

発行●株式会社KADOKAWA
〒102-8177　東京都千代田区富士見2-13-3
電話　0570-002-301（ナビダイヤル）

角川文庫 23382

印刷所●株式会社KADOKAWA
製本所●株式会社KADOKAWA

表紙画●和田三造

●お問い合わせ
https://www.kadokawa.co.jp/（「お問い合わせ」へお進みください）
※内容によっては、お答えできない場合があります。
※サポートは日本国内のみとさせていただきます。
※Japanese text only

ISBN 978-4-04-113024-7　C0197

◆◇◇

角川文庫発刊に際して

角川源義

第二次世界大戦の敗北は、軍事力の敗北であった以上に、私たちの若い文化力の敗退であった。私たちの文化が戦争に対して如何に無力であり、単なるあだ花に過ぎなかったかを、私たちは身を以て体験し痛感した。西洋近代文化の摂取にとって、明治以後八十年の歳月は決して短かすぎたとは言えない。にもかかわらず、近代文化の伝統を確立し、自由な批判と柔軟な良識に富む文化層として自らを形成することに私たちは失敗して来た。そしてこれは、各層への文化の普及滲透を任務とする出版人の責任でもあった。

一九四五年以来、私たちは再び振出しに戻り、第一歩から踏み出すことを余儀なくされた。これは大きな不幸ではあるが、反面、これまでの混沌・未熟・歪曲の中にあった我が国の文化に秩序と確たる基礎を齎らすためには絶好の機会でもある。角川書店は、このような祖国の文化的危機にあたり、微力をも顧みず再建の礎石たるべき抱負と決意とをもって出発したが、ここに創立以来の念願を果すべく角川文庫を発刊する。これまで刊行されたあらゆる全集叢書文庫類の長所と短所とを検討し、古今東西の不朽の典籍を、良心的編集のもとに、廉価に、そして書架にふさわしい美本として、多くのひとびとに提供しようとする。しかし私たちは徒らに百科全書的な知識のジレッタントを作ることを目的とせず、あくまで祖国の文化に秩序と再建への道を示し、この文庫を角川書店の栄ある事業として、今後永久に継続発展せしめ、学芸と教養との殿堂として大成せんことを期したい。多くの読書子の愛情ある忠言と支持とによって、この希望と抱負とを完遂せしめられんことを願う。

一九四九年五月三日